secante

secante

Jamyle Dionísio

Copyright © 2021 by Editora Letramento
Copyright © 2021 by Jamyle Dionísio

Diretor Editorial | Gustavo Abreu
Diretor Administrativo | Júnior Gaudereto
Diretor Financeiro | Cláudio Macedo
Logística | Vinícius Santiago
Comunicação e Marketing | Giulia Staar
Assistente de Marketing | Carol Pires
Assistente Editorial | Matteos Moreno e Sarah Júlia Guerra
Designer Editorial | Gustavo Zeferino e Luís Otávio Ferreira
Capa | Sérgio Ricardo
Revisão | Sarah Guerra
Diagramadora | Isabela Brandão

Todos os direitos reservados. Não é permitida a reprodução desta obra sem aprovação do Grupo Editorial Letramento.

Dados Internacionais de Catalogação na Publicação (CIP) de acordo com ISBD

D592s   Dionísio, Jamyle

           Secante / Jamyle Dionísio. - Belo Horizonte, MG : Letramento ; Temporada, 2022.
           130 p. ; 14cm x 21cm.

           ISBN: 978-65-5932-193-3

           1. Literatura brasileira. 2. Contos. 3. Família. 4. Infância. 5. Dionísio. 6. Jamyle. 7. LGBTQIA+. 8. Romance. 9. Depressão. 10. Câncer. 11. Parentalidade. 12. Preconceito. 13. AIDS. 14. Casamento. I. Título.

                                       CDD 869.8992301
2022-1920   CDU 821.134.3(81)-34

Elaborado por Vagner Rodolfo da Silva - CRB-8/9410

Índice para catálogo sistemático:
1. Literatura brasileira : Contos 869.8992301
2. Literatura brasileira : Contos 821.134.3(81)-34

Rua Magnólia, 1086 | Bairro Caiçara
Belo Horizonte, Minas Gerais | CEP 30770-020
Telefone 31 3327-5771

TEMPORADA
é o selo de novos autores do
Grupo Editorial Letramento

editoraletramento.com.br   •   contato@editoraletramento.com.br   •   editoracasadodireito.com

Milagres, não. Mas coincidências. Vivia de coincidências, vivia de linhas que incidiam e se cruzavam e, no cruzamento, formavam um leve e instantâneo ponto, tão leve e instantâneo que era mais feito de segredo.

Clarice Lispector

SEXTA

— Amanhã eu não posso, Marcos.

Tentou argumentar que sexta era feriado, mas o homem saltou para fora da cama e começou a se vestir de costas para ele. O argumento morreu em sua língua, que agora era apenas corpo vivo, não mais instrumento de transmitir pensamentos. Chegou mesmo a abrir a boca, mas som algum lhe sairia da garganta enquanto Ele se apresentasse assim, tão nu, tão perto que ainda transmitia calor ao ambiente. Começou pelas meias. Era desses homens que sempre estavam de meias, como se tentasse encobrir seus rastros. Morderia cada um daqueles dedos dos pés, se pudesse. A língua salivou, ainda viva, acompanhando o caminho da cueca branca, das calças de brim, da camisa de algodão azul-clara. Até gostava que o Homem se vestisse de costas para ele, pois memorizava-lhe os movimentos sem disfarçar os seus olhos gordos de cobiça.

— São duas horas da manhã. Por que você não fica? — ofereceu assim que dominou mais uma vez a língua.

O Homem girava em torno de si à procura da bolsa carteiro. Marcos tinha visto a mesma bolsa numa vitrine do shopping, dias antes. Couro rústico, caramelo, logotipo discreto em baixo relevo, no canto esquerdo. Custava três meses do seu salário. Foi quando se deu conta do tamanho da sua ignorância a respeito do Homem. Sabe que Ele tem uma mancha do tamanho de uma ervilha na parte interna da coxa esquerda, mas não sabe dizer onde Ele trabalha. Conhece a amplitude do tremor do corpo Dele quando goza, mas não sabe onde

Ele mora. Quando começou a acompanhá-lo, todas as noites de quinta-feira, para o infalível chope num dos bares da Bela Vista, conversavam sobre Nietzsche, sobre a novela das oito, sobre a infância de Marcos em Guaratinguetá. Sobre a vida do Homem? Silêncios e desvios. Um dia Ele deixou escapar que aprendeu alemão com os pais e Marcos achou aquilo tão intenso e bonito (se o Homem tivesse revelado, em vez disso, que gostava de chiclete de tutti-fruti, ou que tinha trinta camisetas azuis, ele ficaria emocionado do mesmo jeito) que tascou-lhe um beijo assim que alcançaram um canto mais escuro da rua. Que se dane se Ele fugir de mim, eu não aguento mais! Mas Ele ficou no beijo e conheceu a quitinete de Marcos na quinta-feira seguinte. Não quis passar a noite. Tentou chamar um táxi, mas não havia táxis às três da manhã. Tudo bem, vou andando, Ele disse, e se foi. Na outra quinta-feira, pularam o chope e foram direto para a quitinete. Ele foi embora mais cedo, quando ainda havia táxis. Mas nunca podia encontrá-lo nos fins de semana.

Por isso Marcos tem aquele feriado todo para si. Um feriado comprido, que é todo um vazio Dele e uma cheia de pavores turvos. Nem parece o homem prático de sempre, aquele que num feriado desses estaria pronto para cuidar das plantas da sacada, organizar seus livros e discos, fazer a faxina completa até que pudesse ver-se refletido no piso de tacos de madeira. Estatelado na cama, não sabe de coisa alguma, exceto que manterá os lençóis até segunda-feira, pelo menos.

Os lençóis ainda têm o cheiro Dele.

Afunda o rosto na cama, buscando um vislumbre, um resquício que seja. Fará compras de supermercado também, decide. E se Ele mudar de ideia e voltar aqui? E se tiver fome? Precisa ter mais do que miojo e ovos velhos na geladeira. Deve estar preparado para arranjar-lhe um jantar estupendo, suflê de queijo e mousse de chocolate, vai que Ele é daqueles que se fisga pela boca, hein? Tocará aquele disco da Marina na vitrola, e uma verdade nascerá deles quando ouvirem "Eu preciso dizer que te amo". E ele não estará mais sozinho naquela cidade feia.

Mas qual! Decide as coisas só em sua cabeça, pois o corpo não responde e continua preso à cama. Se fechar os olhos e respirar fundo, sentirá o Homem a envolvê-lo todo, cobrindo-o, preenchendo-o, é um Homem alto, largo, cheira a floresta, araucária, serra da Mantiqueira, verde-escuro e úmido, um pouco frio, mas um frio bom, uns olhos frios e elegantes, um sopro gélido que acende as bochechas da gente, acende a gente, acende, ah, até que.

Não tem um lenço de papel por perto. Limpa o líquido visguento e esbranquiçado que começa a escorrer da barriga com o lençol mesmo, e agora terá que lavar tudo, inclusive o cheiro Dele. Murcham os sonhos, o tesão, o suflê imaginário. O sol avança rápido pela quitinete e bate ardido em seu rosto.

Precisa sair dali. Precisa expulsar o homem da sua cabeça.

Amanhã limpará a quitinete. Hoje ele vai sair, comprar o jornal, voltar pra casa, almoçar, sair de novo, comprar um livro e um ingresso para uma peça de teatro, voltar pra casa, tomar banho e partir para o teatro. E estará tão ocupado, tão entretido, tão banhado por artísticos e elegantes estímulos que nem pensará Nele.

Mas arre! No primeiro parágrafo do jornal, desespera-se mais uma vez. O que Ele deve estar fazendo agora? Desiste do supermercado. Almoça miojo. Pois eu não passo disso, um homem solitário que almoça miojo num feriado. Já consegue vislumbrar-se quarenta anos à frente, embrulhado num robe de seda e chinelas de cetim, em seu apartamento de duzentos metros quadrados, comendo uma sopa rala de couve e batatas — pois àquela altura tanto miojo terá acabado com a sua saúde — sozinho, ocupando uma das oito cadeiras que rodeiam a mesa de madeira. Será que eu nunca vou ter alguém, meu Deus?

Desiste furiosamente do jornal e segue para a livraria. Aquela que abre aos sábados, domingos e feriados, uma livraria que o queira em todos os dias possíveis. Quem sabe — quem sabe! — não encontrará Caio Fernando Abreu, e conversarão, e ficarão amigos — apenas amigos, porque ele tem uma pessoa, sabe como é, Caio, se tivéssemos nos conhecido há um mês atrás, quem sabe? Eu vim para essa cidade justamente para conhecer as pessoas mais interessantes e acabei me apaixonando pelo professor de Direito Tributário, veja só como é a vida, Caio. Um maldito tributarista, ocupadíssimo sabe-se lá com o quê, acho que ele é algum herdeiro. Desses que vivem naquelas mansões que ocupam um quarteirão inteiro no Morumbi, mas que tem vergonha de ser rico. Os melhores sempre têm vergonha de serem ricos. E Caio escreverá um conto sobre o homem misterioso e comprometido que conheceu numa livraria numa tarde de sexta-feira.

Mas a foto de Caio na orelha do livro diz *Vergonha de ser rico ou vergonha de você, meu bem?*

Está delirando, só pode. Esfrega os olhos e tenta esquecer. Precisa de outro café. Os olhos amassados capturam a imagem baça das costas de um homem. Um braço vasculha a estante da seção infantil, o outro acomoda uma menina que não deve ter mais de dois anos de idade. Se não fosse pela criança, diria até que era... Pousa os olhos nos dois, terno e morno. Ah, aquela nuca distraída, inocente, nem sabe que pede para ser beijada. Os cabelos castanhos ensaiam uma curvatura cacheada. E aquela bunda, meu Deus, aquela bunda que se ajusta ainda mais à calça quando descansa sobre uma das pernas. O Homem não está por perto, mas aquela visão emprestada Dele começa a agitá-lo. A menina ergue a cabeça acima do ombro do homem e sorri, certa de que Marcos é mais um dos seus tantos admiradores. Mas não é mesmo uma bonequinha? Os cabelos dela também são castanhos, mas tem cachos cheios, bochechas rosadas, e dois olhinhos tão claros que mais parece que Deus, quando os pintou, não quis apertar muito o lápis azul-celeste no papel, e.

Puta que pariu!

Os olhos Dele.

Nem o sódio do miojo lhe sustenta a pressão. Tudo escurece. Sente o corpo derramar-se sobre a pilha de livros em destaque no meio da livraria.

E agora não pode mais sair de fininho, voltar para a sua quitinete e chorar o resto do dia até chegar a hora do teatro, porque ele é um iludido, sim, mas um iludido cheio de cultura! E pensando bem, agora vai é bater perna pela cidade pelo resto do feriado até encontrar Caio, porque está livre e desenganado. Um pouquinho mais forte — ah, as pancadas que a vida dá! — mas não dirá *o que não me mata me fortalece* porque é clichê, e Deus o livre do clichê. Só não contará a Caio a vergonha que está passando nesse exato instante, embolado em volumes e volumes de *Sexo Para Adolescentes,* Marta Suplicy em preto e branco na contracapa, sorrindo para ele. Flagrado — O Horror, o Horror! — pelo Homem com quem flertou por semanas, desde a primeira aula que assistiu com Ele na faculdade. O orientador disse, Maldita hora em que ele disse aquilo! *Assista as aulas dessa disciplina, são da graduação, mas esse professor tem uma visão interessante sobre guerra tributária,* e ele assistiu. As primeiras duas horas eram ministradas pelo professor, as últimas duas horas pelo Doutorando que estava desenvolvendo uma tese enfadonha. Mas o Doutorando não, não era nada enfadonho, e tinha aquele sotaque paulistano que Marcos odeia, mas que Nele parecia tão exato, polido e triste que ele, Marcos, começou a ficar pensativo demais.

Tão pensativo que deixou de enxergar o óbvio. U-lu-lan-te (Um clichê, ele. Um Clichê cotidiano, enrugado, um Mais-Um, Marcos!). Porque o filho da puta é mais um almofadinha casado, pai de família e o escambau, e Marcos, a putinha que ele jamais assumirá. Os fins de semana são da família, é claro. Tão claro que machuca os olhos. Gente branca... tinha que ser. Provavelmente vive num apartamento em Higienópolis com a esposa fútil e propriamente medicada, um rosto em máscara de permanente enlevo. Belíssima, decerto, porque esses homens sempre escolhem as mais bonitas. E uma filha gentil, que pressentirá desde cedo algo de insidioso no ar, e que viverá como quem tem um inimigo à espreita, e aos treze anos já estará gritando *Eu odeio essa casa! Eu odeio vocês!* Mas, por enquanto, uma menina que confia, que não faz ideia, ah, não faz. A filha que ele jamais terá, pois.

— Marcos?

Os quatro olhos azuis estão sobre ele. A menina, curiosa, ainda limpa de malícias. Ele, educado, reticente e... e mais alguma coisa vibra ali, só que Marcos não consegue fisgar a palavra certa para aquilo.

Abandona as elocubrações movediças onde afundou como pedra e volta para o pensamento seguro. Claro. Tudo faz sentido agora. Vai dizer à menina que aquele é um amigo do papai. Trouxa. Mil vezes trouxa! E a menina ri, deliciada, porque só se pode rir dos trouxas. Se já souber falar, não vai contar à mãe que conheceu o *amigo do papai* na livraria. Vai recitar *o amor é uma flor roxa que nasce no coração dos trouxas*.

Ocupa os olhos no rearranjo da pilha de livros para não lidar com aquela vibração baixinha e surda que vem Dele. Não, ele não pode se confundir. Não, não, não! repete em silêncio, como se cada Não fosse um tijolo num muro que constrói entre ele e Ele.

Mas tem que responder o Homem, afinal. Queria ter forças para se fazer de louco e espantá-Lo de vez, mas é fraco. Devia comprar esse livro da Marta que é mais do que um acidente, é um sinal, é o anjo debochado dizendo *Vai, Marcos, ser adulto na vida*. Mas ele responde, educado também:

— Tudo bem? Eu não sabia que você frequentava essa livraria. Eu estava... eu estava...

— Tudo bem, e você?

— Tudo bem.

Tudo bem, tudo bem, tudo bem, bem, bem.

Refugia-se na menina, que sorri para ele. Você não sente isso, esse zunido? ele quer perguntar a ela. Talvez ela, que habita o mundo das predefinições empoeiradas, saiba melhor o que é aquilo que emana Dele. Ela, que está no limiar entre a linguagem e a sensação pura e direta do mundo. Uma palavra superior, sublime, da língua dos anjos tortos. Como Criselal. Ou Ufalino.

O Homem volta a vibrar, agora mais intensamente. E Marcos é inundado pela lembrança mais estranha. Acabara de chegar à cidade para iniciar o mestrado e aquele era o seu primeiro lançamento de livro. Temeroso de abrir a boca e soltar seu *erre* caipira, quase mordia a língua para que ela não saísse de controle. E enquanto pensava em *erres*, a mulher à sua frente na fila do autógrafo se virou para ele. Tinha olheiras profundas de quem não dormia há dias, mas estava bem arrumada, os cabelos curtos e avermelhados puxados para trás, endurecidos pelo gel, e um batom rosa-choque na boca sem sorriso. Brotou-lhe uma ternura triste que não soube bem onde colocar. A mulher tinha o cansaço das mães de bebês à beira do esgotamento alucinatório. Ela pegou no braço dele, com um espanto que também não tinha lugar, e perguntou *Desamparo não é uma palavra que treme baixinho?* E ele sentiu a palavra na mão dela sobre ele, tiritando de leve. Balançou a cabeça, concordando. *Deve ser o erre fraco, trinado de passarinho. A mesma coisa em Vul-ne-Rá-vel. Esse erre é a perna bamba da palavra, não é?* E deu-lhe as costas porque havia chegado a vez dela de receber o autógrafo.

— Minha filha, Constança. Constança, esse é o amigo do papai.

Pronto. *O amigo do papai.* Seus sonhos se embolam nos livros espalhados no chão. Uma casa, uma cama de casal e dois criados-mudos, macarronadas aos domingos, um álbum com as fotos da viagem a Bariloche, um pinguim em cima da geladeira, Boa noite, meu amor, Boa noite, meu bem, beijo no cangote e ronco, E se a gente financiar um carro seminovo?, Veja se está bom de sal, De sal está bom, precisa é de mais pimenta, Traz pão na volta.

Procura a mão esquerda do Homem. Nem sinal. Sequer uma marca, uma linha tênue na base do dedo anular descascada pela fricção, ou risco claro contrastando com a pele tostada de sol. Os sonhos espiam dentre os livros, atiçados.

— Marcos?

Na tua casa ou na minha?

— Hein?

— Café. Quer sair daqui e tomar um café?

E aquele cheiro fino, azedo, que invade a livraria? É um recurso literário da sua mente para completar aquela cena ou?

A menina afunda o rosto no pescoço do Homem.

— Meu Deus, Constança!

— O que foi?

— Preciso voltar pra casa. A fralda...

Merda.

— Marcos?

— Perdão... a gente se vê, então... na quinta? A aula...

— Lá também tem café.

— Na aula?

— Não, lá em casa. Preciso voltar já, trocar a fralda dela...

— Ah, tá... Então te vejo na...

— Você não vem com a gente?

MOFO

Não há vida em outros planetas, João. Disso eu tenho quase certeza. A vida tem valor para nós, não valor em si. Não passa de matéria orgânica. A Terra é, portanto, apenas um planeta que criou mofo.

— Que horror! — ele me olha com aqueles olhos assustadiços de tão claros, chocado com a minha monstruosidade.

— Horror por quê? Estou errada?

— Não... talvez esteja até certa, mas... que horror, Esther!

Nem parece judeu assim tão vivo, tão reluzente, tão ferido em seu otimismo. Talvez seja o nome de santo que os pais insistiram em lhe dar para que ele nunca lembrasse que era judeu. Quanto a mim... pai e mãe sobreviveram a Bergen-Belsen e foram se reencontrar no Bom Retiro. Sei que a vida é coisa emprestada. E quem a empresta é uma criança pirracenta, daquelas que tomam a bola de volta quando se cansam da brincadeira.

Estranho é estar viva. Se a Terra tem milhares de anos (ou seis mil, que seja), e uma pessoa vive em média sessenta anos, é coisa pouca e pequena, a vida, perto de todo o resto. Repito o raciocínio em voz alta para mim, às vezes. Me acalma. Nada como um desengano precavido pra deixar a gente pensando que tem controle. E eu gosto de ter controle, de fingir que deus existe só para dar o dedo pro céu.

— Horror... — repete ele, arrefecido, já afastando a ideia e pensando no que vamos fazer naquela noite. Prático, sempre.

Vasculho a minha bolsa.

— Olha o que trouxe da adega do meu pai.

Ergo a garrafa, triunfante.

— Mas são três da tarde.

Prático, sempre.

São três da tarde de quinze de abril de mil novecentos e oitenta e seis, caralho, e nunca mais será três da tarde de quinze de março de mil novecentos e oitenta e seis!

— É um Pinot Noir. — tento argumentar. — Francês.

— E?

Baixo os ombros, desistente. Estou completamente nua e ofereço a ele uma garrafa de legítimo borgonhês em plena tarde de sábado. E ele — *E?*

Saio do quarto em direção à cozinha.

— A cortina da janela da sala tá aberta! — Ele protesta, sem se levantar da cama.

— Foda-se.

Sorte dos vizinhos. Nunca viram pentelhos ruivos na vida? Pois verão agora. Abro o armário de fórmica azul-bebê e tiro duas taças. Busco o saca-rolhas na gaveta. Dobrado como um canivete. Aposto comigo mesma que ele não sabe usar isso. Pois eu sei, e vou mostrar a ele como se usa. Por que eu tenho que explicar tudo, cacete? Volto para o quarto.

— Você tem que experimentar isso aqui. — digo, enfileirando as duas taças na escrivaninha. Ponho-me a abrir a garrafa. Rasgo a cobertura de alumínio e me debruço sobre a garrafa turva, girando o saca-rolhas no ângulo certo. Luto. Porra de rolha difícil do caralho! Suspiro e, antes de continuar, olho para ele. Boca aberta para mim, provavelmente horrorizado de novo. Devo estar corcunda, ou fazendo tanta força que as celulites da minha bunda estão piscando todas ao mesmo tempo, feito luzinhas de natal. Um dia vou aprender a usar aquilo com a graça dos garçons dos restaurantes onde meus pais me levam. Mas. Por. Enquanto...

— Tá olhando o quê?

— Nada.

— Porra, João!

— Nada, ué! Você é bonita, não posso olhar?

Pode, cacete. Mas. Afe! Olha que nem homem, João? Quando é que essa juventude enjoosa vai desgarrar dele? A rolha sai *pow*! Despejo o líquido escuro nas taças *glup-glup-glup*, *glup-glup-glup*. Impeço, com o dedo, que uma gota teimosa escorra da boca da garrafa e marque a madeira da escrivaninha. Chupo o dedo, pois não admito desperdício de vinho. Volto pra cama e estendo uma das taças para ele.

— Cheira isso aqui.

— Eu não entendo de vinho. — prático, sempre. Puta que o pariu!

— Fecha os olhos. Cheira isso aí.

— Hum. — ele torce a boca, submisso a contragosto.

— Sente cheiro de quê?

— Sei lá. Vinho?

— Cheira de novo.

— Me dá uma dica, Esther!

Caralho.

— Caralho?

Disse isso em voz alta?

— Fecha os olhos. Cheira. Pensa numa floresta escura depois da chuva...

Silêncio.

— Nossa!

Além de nome de santo, se espanta feito gói.

— Nossa o quê?

— Não é que tem esse cheiro mesmo?

— Pois bem. A gente vai beber agora uma floresta escura depois da chuva. Uma floresta arfante, aromática, vivente. Não é lindo, isso?

— Mas são três da tarde.

— Caralho, João! Bebe a porra do vinho! É sábado!

Só falta ele dizer que é sábado e que é melhor não beber tanto, e deixar de ser tão gói justo agora, depois de treparmos desde o meio-dia.

— O que é que você tem hoje, hein, Esther?

Finjo que não ouvi. Ele bebe.

— Devagar. — peço, antes que ele entorne a taça toda sem sentir o gosto direito.

Ele obedece. Eu o amo de novo.

Deixa a taça vazia sobre o criado-mudo, abre a gaveta e tira de lá a Leica, máquina fotográfica de estimação que eu chamo de Laika. Sinto o corpo todo lacear. Deixo a minha taça vazia no chão e busco cigarro e isqueiro.

— Vem cá. — ele pede.

— Onde?

— No meu colo. Vem.

Leve e abençoada pelas deusas borgonhesas, monto a barriga dele com o cigarro nas mãos. Trago. Sopro sobre ele, rebelde. Clique. Fecho os olhos. Clique. Pendo a cabeça para trás e quase perco o equilíbrio. Oscilo, tateando úmida, maré que sou. Maré, não mais do que isso. Quando me dou conta, minha mão está sobre o ventre. Maré. Quase sou mar, mas não sou. Não tenho potência para tal vastidão. Não foi do mar saiu toda a vida? O Mar é Deus. Diz um livro que o espírito de Deus pairava sobre as águas: Mar borbulhando a primeira vida. Vida indomável, selvagem. Mistério. Mar-Mãe,

Maria, Iemanjá. Ma, sílaba que nutre, que sustenta, que embala. Mas... sou um Mas. Sou apenas Maré.

— Casa comigo.

Clique.

Dou risada de João. (O Tiago me pediu em casamento na hora do recreio. Eu disse que sim, calculando que no ano seguinte trocaríamos de escola e nunca mais nos veríamos. Ele ficou feliz. Soltou a minha mão e foi correndo contar para a professora).

Clique.

— É sério. Casa comigo.

Desmonto-o e caio na cama, de costas. Deve ser o vinho. A taça era grande, enchi-a quase até a boca.

Fecho os olhos, isolando-me dele. Sinto a minha pele viva, única, viva às três e quinze da tarde de quinze de março de mil novecentos e oitenta e seis, e não viverei isso de novo, o corpo exposto sem fronteiras, e ele pode fazer o que quiser comigo, a pele arrepiada porque já começa a esfriar de leve, seios cheios, bicos hirtos, ventre vivo, sexo voltando a ondular em linha incerta e dolorida, sedento. Casar o quê, cacete! Só quero estar. Aqui. Três e dezessete da tarde. Mil novecentos e oitenta e seis. Algo se expande aqui dentro, atravessa os limites do meu corpo e paira, invisível. Eu, maior. Eu, além do corpo. Será a Alma?

Encolho-me de volta ao meu tamanho. Alma? Não! Se eu tenho alma, sou mais do que mofo. E... Não! Melhor não. Já disse que sou um Mas, não um E!

Meu Deus! Morrer! A vida que começa em Ma e termina em Mo. E de Mo renasce. E o Mu, onde fica? Fora da realidade, deve ser. Tenho vontade de gargalhar, Mu que estou com tanto vinho na cabeça.

— Esther?

Abro os olhos. Os olhos dele, lâmpadas fortes, se acendem na minha cara. Recuo, e ele se apavora com a minha possível rejeição. Mé, ele. Carneirinho assustado, esperando meu comando. Tremem os lábios de João, todo Mi. Mimimimimimi...

Ah. Sim. Ele me pediu em casamento. E eu, onde estou? Retorno ao Mo. Sim, sim. Eu sei. Sinto-o. Mofo que cresce dentro de mim. Mofo que me torna reverente, porque É a despeito de mim. A gargalhada que brotou da minha garganta não é minha, mas do Mofo que me habita. Ri de mim, certo de ser já meu dono.

Estoura em mim um choro fino e trêmulo. Gemo, apunhalada de dentro para fora.

— Não chora, meu bebê. Não chora...

Ele me abraça, emocionado e orgulhoso da minha gratidão.

— Eu te amo, eu te amo!

Choro mais. Choro até descarregar todo o meu assombro.

Percebo, então, que eu disse Sim sem querer. E que não tenho forças para desmenti-lo. Não porque queira passar o resto da minha Vida, minha parca e curta Vida, se comparada com os milhares — ou seis mil anos da Terra — ao lado dele.

Mas Oh! Nova punhalada! Como dói a Consciência das Coisas!

Estamos ligados. Ele ainda não sabe, mas eu Sei.

Aqui dentro a Vida explode. Não a minha, mas Outra. Como floresta na noite uterina, depois da chuva. Cresce e multiplica-se, células tomam a forma que um dia existirá fora de mim.

NUVEM

Pra você é fácil, Marcos! Você não é o pai dela!
Ele tinha essa mania de combinar as palavras na ordem errada. O desajuste começou quando os pais dele, migrantes alemães, tentaram se ajustar à nova terra. E, como ensinou Mario de Andrade, *a língua brasileira é das mais ricas e sonoras e possui o admirabilíssimo "ão"*, deram-lhe o nome de João. Nome menos admirabilíssimo e mais emboladíssimo em suas bocas teutônicas que, cansadas e humilhadas, deram para chamá-lo *Johann* mesmo, pelo menos dentro de casa. E vivia assim desde então, nome de dentro e nome de fora, oscilando. Não de forma exata como um metrônomo, pois só o nascer no Brasil alterou suas engrenagens alemãs com os efeitos da umidade e do calor. E quando era mais Johann que João, desandava. Desaprendia as pequenas nuanças. Perdia as metáforas, que lhe escapavam dos bolsos e rolavam, como moedas miúdas, até o primeiro bueiro que encontrassem. E num desses descambamentos, Marcos foi-se embora.

Além de Johann, era Janeiro. Que nos cozinhava a vapor, nós três, de férias. A sacada antiga abria-se para uma cidade vazia, seus excessos de carne desaguados para Santos. João dizia que gostava de ter a cidade só para nós, mas sabíamos que Johann detestava era ficar mais feio no verão, vermelho e descamado de sol de praia.

Marcos saiu. Uma angústia escura entrou e foi ocupando cada um dos espaços que eram dele naquele apartamento. Chegava pontualmente às quatro da tarde, com as nuvens que se adensavam no céu e antecipavam a noite. No primeiro dia enfrentei os raios e trovões com uma valentia solitária, aumentando ousadamente o som da televisão. No segundo dia João se destrancou do escritório e me abraçou, mas expliquei que era grandinha demais para ter medo de trovoada. Que eu era a mais alta da classe e que por isso era a última da fila na escola. *Minha menina já é uma moça, veja só!* Depois pensei que não devia ter dito aquilo, que devia ter estreitado o abraço porque era ele que precisava, transbordando de saudade nova.

No terceiro dia ele me colocou no Monza marrom e partimos. *A gente tá indo pra Santos, pai? Não. A gente vai pra uma cidade que se chama Guaratinguetá.* Experimentei-a na minha boca, devagarinho: Gua-ra-tin-gue-tá. E ela tinha gosto de coragem, porque chegaríamos nela orientados por um endereço rabiscado num envelope de carta e por um mapa marcado a caneta Bic preta, pré-estudado, não sei se coisa de tributarista ou de Johann. A fita, favorita de Marcos, começou a tocar no carro. Cantei junto.

Sei um segredo.

Você tem MEDO.

Pai, o que é anel de sapata?

O quê?

Isso que o homem tá cantando...

Ele riu pela primeira vez em três dias.

É anel de Zapata, meu bem.

O Monza descia o vale como canoa frágil, cruzando com criaturas de nomes tupi-guaraníticos pelo caminho: jacareí, caçapava, taubaté. Pin-da-mo-ran-ga-ba!... O maior nome que eu já tinha visto na vida. Pin-da-mo...

Pin-da-mo-nhan-ga-ba, João ensinou. *Se quiser, pode chamar só de Pinda, que todo mundo entende.*

É o apelido da cidade, é?

É, Constança. É o apelido da... Eu disse que você não ia dar conta do pirulito, não disse? Mirei, derrotada, o caracol branco-verde-vermelho preso ao palito, maior do que a minha mão aberta. Armei uma mordida, mas Johann pressentiu o movimento e foi mais rápido. *Não! Vai quebrar o dente assim, menina!* Desisti, encolhida. Embrulhou o pirulito num guardanapo de papel de seda e guardou-o no porta-luvas. *Meu bem, precisamos combinar uma coisa...*

Combinamos.

Ele, porque tinha esperanças. Eu, para agradá-lo, já sabendo que aquilo não ia dar certo. Espichei o pescoço para acompanhar a vista nova além do vidro, sujo de vento de estrada. Tinha muita montanha. E bananeira. E vaca balançando o rabo para espantar os mosquitos. E além do maior nome do mundo, tinha o maior rio do mundo, maior do que o Tietê. Marrom igual, mas sem o fedor. E mais agoniado também, todo nervosinho. Igual o Pai, tanto o Johann quanto o João.

Ele fez questão de me pegar no colo enquanto tocava a campainha, todo *Pietá.* A mulher que atendeu a porta nos mediu, prudente. O Pai meio torto, surpreendido com o meu peso, e eu agarrada a ele, olhando para a mulher com os olhões de criança órfã, boca caída, quase envelhecida. Ela soube. *Boa tarde, o Marcos está?* Assim, sem se apresentar, sem estender a mão, sem falar do tempo. Cheio de pressa, um agoneio que só vendo. Pedinchão, Johann. Ela me olhou um segundo além do normal, mais do que olhou para o Pai. Alguma coisa nela amoleceu, desistiu de lutar. Tinha um rosto castanho e reluzente, as maçãs do rosto curvas e suaves, como Marcos, que se afinavam na altura da boca. A pele refletia-se levemente dourada nos lugares onde batia o sol, como se ela fosse uma deusa disfarçada sob pele de gente. Feito a Nossa Senhora Aparecida, mas um tanto mais desconfiada. *Vou ver se ele quer falar com o senhor,* disse, muito firme e educada. Jeito fidalgo de quem nunca desandava feito o Pai.

Marcos apareceu na porta e vinte corações brotaram do peito de João, mil tambores batendo tão forte que eu pude sentir do colo dele. *Sua Filha quer falar com Você*, disse com uma quebradiça firmeza johânnica. E me pôs no chão. Pronto, agora era a minha vez. Tinha que desembaraçar a fala que treinamos durante a estrada toda, exceto pela parada para ir ao banheiro e comer coxinha com coca-cola.

Só que Marcos não ia ser engambelado, Não Senhor! Não por aquele Johann de olhos de um azul desmaiado — desmaiado só no adjetivo, porque estava bem vivo e atento — cheio de cálculos e planos. Olhos que jorraram para cima de mim, pedindo forte para eu me lembrar direitinho do nosso Combinado. Procurei o rosto moreno de Marcos e reconheci um jeito de olhar bem de canto, igual ao da mulher que atendeu a porta, e que dizia coisas de lado enquanto olhava de frente. O canto dos olhos dele confirmava que nós é que estávamos engambelando o Galego.

Vamos, Constança? Ele me estendeu a mão. *Onde vocês vão?* Johann perguntou. *Ora, se é ela que quer falar comigo, é Só Ela que vai falar comigo. Vem, Tancinha. Tem suco de manga, quer? Quero*, respondi, fácil e sedenta. Larguei a mão do Pai e segui casa adentro sem hesitar. *Você, espere aí*, ele disse a Johann com uma rispidez meio ressecada por fora, mas com recheio de doce de leite.

A casa tinha um cheiro que eu não conhecia ainda, mas que depois aprendi que era de solidão misturada com velhice. Passamos pelo corredor e vi a mulher que nos atendeu, no sofá, fingindo uma atenção austera pela novela reprisada na televisão. *Vamos pro quintal dos fundos. Você já viu um pé de jaca, Tancinha? Eu nunca vi um pé de jaca na Minha Vida Inteira!* Ele riu da minha Vida Inteira tão mirrada.

O quintal tinha quase o mesmo tamanho da casa e era cercado por muros caiados de branco, com pés manchados de terra. E lá estava ela, majestática, vigiando tudo do alto de sua coluna ereta. O tronco infinito sustentava as jacas que abundavam umas sobre as outras, pêras enormes e espinhudas. Gordas. Feito uma gata que teve gatinhos, seis tetas cheias penduradas no corpo. Perdi um minuto inteiro de boca aberta diante da árvore. Sessenta segundos redondos, até que.

Então, Tancinha... o que o Galego quer que você me diga?

Ele quer que eu diga que eu tô com saudade. E que você também é que nem como se fosse meu pai.

Que-nem-como-se-fosse teu pai?

Dei de ombros e chacoalhei o discurso decorado no caminho, que se esparramou pelo chão de terra batida. Não por descuido, mas por cálculo. Heranças de Johann em mim. Marcos reconheceu o gesto. Sentou-se num banco de madeira no canto do terreiro e esperou, paciente, a minha explicação.

Não sei. Acho que você é mais que nem mãe.

Mãe?

É. Você é mais legal.

E por que mãe é mais legal?

Porque o Pai é chato.

O que eu entendia de Mãe, senão pelo que não é Pai? Sequer me lembrava dela. Eu tinha dois anos. Ela tinha câncer.

Ele é chato, é?

É. Ele é tooodo nervosinho.

Comecei a tremelicar, num arremedo de Johann. Ele escondeu o riso com a mão.

Isso é. Mas você não pode falar assim do seu pai. Ele se preocupa muito com você.

E você me conta história antes de dormir. Você é mais legal.

Aí ele riu aberto, mas de braços cruzados. Mãe convencida. Comprada.

Você vai morar aqui, agora?

Não. Só estou passando as férias.

Aqui é bonito. Eu gostei do pé de jaca. Por que você nunca me trouxe aqui?

Porque eu não sabia que você ia gostar daqui.

Eu gosto. Eu comi coxinha no caminho. E ganhei um gibi.

Qual gibi?

Da Turma do Penadinho.

Ah, o seu favorito!

É. O Pai nem sabia que eu preferia a Turma do Penadinho. Ele achava que eu gostava da Magali, porque eu sou comilona feito ela.

E aposto que teu pai só te deu porcaria pra comer esses dias todos.

Só coisa gostosa. Ele não sabe fazer feijão que nem você, porque ele tem medo de panela de pressão, sabia?

A menção das fraquezas de João me dava ousadia para usar meus próprios argumentos que, acreditava eu em minha onipotência de menina, eram muito mais eficientes.

Ele mandou eu falar que se você voltar com a gente ele vai comprar coxinha e coca-cola pra você na volta.

Marcos gargalhou, descruzando os braços. Senti o gosto de conquista.

Ele disse isso, é?

Não, mas se quiser eu mando ele comprar e ele vai comprar correndo.

Corri em círculo por toda a extensão do quintal, eufórica pela consciência dos meus poderes de persuasão, tomando cuidado para me desviar dos vasos de plantas e dos bambus que equilibravam as linhas de nylon do varal.

Desde quando você manda no João, menina?

Estaquei, desmascarada. Mas logo me recuperei e mudei de tática. Fiz-me séria.

Eu ouvi ele chorando outro dia. Ele tá arrependido.

Arrependido? Onde foi que você aprendeu essa palavra tão grande? Na escola?

É, mas faz tempo, já. Aaantes das férias. Arrependido é quando a gente faz uma coisa errada e fica triste depois.

Espalmei as mãos nas bochechas e as repuxei para baixo, tornando meu rosto todo um arrependimento só.

Muito bem, Tancinha. Você tá aprendendo as coisas muito rápido.

Eu sei, eu sou uma aprendedora muito rápida mesmo, continuo, cara toda caída. *Quem é aquela mulher que atendeu a porta?*

A minha mãe.

Soltei as bochechas e me iluminei num espanto.

De verdade-verdadeira? Você nasceu da barriga dela?

De verdade-verdadeira.

Você veio visitar ela? É por isso que você veio pra cá?

Eu vim pra cá porque preciso desanuviar a cabeça. Mas também tava com saudade da minha mãe.

Traz ela pra morar com a gente.

Acho que teu pai não vai gostar.

Mas eu vou.

Por quê?

Porque aí ninguém vai mais sentir saudade de ninguém.

(silêncio)

Parei de rodear o quintal e corri para ele. Abracei.

Ele pediu pra você me abraçar, é?

Não. Eu tô te abraçando porque eu tô com saudade também. Não conta pra ele que eu vi ele chorando, tá? Ele tá muito coitadinho...

Pode deixar, eu não vou contar pra ele que você viu ele chorando. Onde você viu ele chorando?

Ontem no quarto, quando eu fui dizer que já tinha escovado os dentes sem ele pedir. E no carro também, mas ele tentou disfarçar.

Ele fungou alto. E me segurou mais um pouco, encompridando o abraço.

Se eu também te chamar de pai você volta com a gente pra São Paulo?

Mas você quer me chamar de pai?

Não.

Por quê?

Desembaracei-me dele para explicar. Sem encará-lo ainda, dando-lhe tempo para se recompor.

Porque aí eu vou gritar paaaai, e vocês dois vão dizer O que foi agora, Constança? Ao mesmo tempo. E vai ser uma confusão só.

Postei as duas mãos na cintura, bem mocinha.

E como é que você quer me chamar?

Os braços caíram, desarmados. Por essa eu não esperava. Minha missão era vir até aqui, jogar meus truques de mágica sobre ele, colocá-lo no Monza e trazê-lo de volta para casa. Não, não! Isso não estava no nosso Combinado, Pai.

Mas a vida é cheia de surpresas, aceitei, noveleira que era. Suspirei, enfastiada de tanta sabedoria aprendida num dia só.

Qual é o nome do Seu Pai?

Xangô.

Eita, que nome estranho! Como ele é?

Ele é muito grande. E a voz dele é como o TROVÃO!

Assusta-me de repente, chacoalhando-me de leve pelos ombros quando diz *TROVÃO!*

Igual o Pai.

É. Igual o seu pai.

Foi por isso que você casou com ele?

Você vai ser psicanalista quando crescer, é, menina?

Eu vou ser bailarina.

Muito bem. Mas e então... Como é que você quer me chamar?

Eu não sei essa resposta ainda. Ela é muito difícil. Eu ainda vou pra terceira série.

Talvez não tenha ainda um nome pro que eu sou pra você, Tancinha.

Por quê não?

Então ele sorriu e deu aquela piscadinha. Como quando pretendia me ensinar alguma coisa nova, mas queria que eu entendesse por mim mesma, com as pequenas pistas que ele jogava.

Porque a gente vai ter que inventar uma palavra nova pra isso.

Ah, eu sabia! Minha mente se agitou, pioneira. Mas a inspiração me desertou.

Inventar?

É. A gente tem que dar um nome antes de todo mundo. Porque os outros nunca escolhem um nome melhor do que a gente mesmo.

Minha barriga se encolheu. Era aquela coisa que me deixava tremeliquenta de verdade, johânnica.

Angústia, era o nome.

E se a gente inventar o nome errado? O que vai acontecer?

A gente reinventa até achar o nome certo.

Qual era o meu nome antes de Eu ser Constança? Porque o Pai contou uma vez a história de que eu nasci e meu nome ainda não tinha sido escolhido. Porque Ela não quis nem escolher meu nome nem saber, pelas máquinas, se eu ia ser menino ou menina. Talvez tenha sido menino por muito tempo até decidir pouco antes de nascer que *Não Senhor! Quero ser menina!* E ninguém jamais saberá o que aconteceu de verdade, porque nenhuma máquina registrou o contrário. E por isso, do momento em que saí de dentro Dela até um momento depois — minutos, horas ou dias, não sei — eu não era Constança. Eu era Verbo, *innominata*, um fenômeno da Natureza. Eu era Maior. Eu era quase-Deus. Mas não é possível viver o tempo todo assim, pairando divinamente sobre as águas. É preciso limitar, iludir, encarnar, para que a vida ande. E Marcos também, por muitos anos, foi sendo Verbo antes de ser Nome. Ganhou território, devagar, até que marcasse todo o nosso mundo. Do suco da laranja que espremia de manhã *porque tem vitamina C, e não quero mais ver esses pacotes de Ki-suco nessa casa*, passando pelos pães na chapa que fazia no fim da tarde com café diluído em leite — *café de criança* — até a noite, quando lia histórias com vozes de personagens e tudo. Eu não sabia o que ele era, não tinha uma palavra porque... Uma palavra? Uma? Eu precisava crescer e aprender palavras grandes, e quando tivesse a memória afiada encontraria uma palavra gigante, monstruosa, que abarcasse tudo o que ele era. Maior que pindamorangaba. Em alemão, provavelmente.

E qual é o nome de Deus?

Qual é o nome do pé de jaca?

Qual é o nome do Pai, afinal? João ou Johann?

Dos milhares de nomes que eu podia dar a Marcos, qual deles servia para mim? Se Pai já foi tomado? Se Mãe já foi perdida para sempre?

Angústia.

Encarava ali, pela primeira vez, o Mistério da Palavra. Posso ter apalpado as letras, como quem apalpa os dedos dos pés do Imponderável, mas não alcancei a Palavra. O Nome continuava branco e incandescente, machucando meus olhos sem se revelar. Olhei para Marcos com atenção para ver se encontrava nele a chave do enigma, mas dei-me conta de que aquele homem era novo para mim. Não era mais o Marcos que vivia no apartamento da Bela Vista e que tinha todos os discos do Milton Nascimento e que dava aula na Universidade. Era um Marcos que também estava naquele quintal e que tinha uma jaqueira, uma Mãe bonita e distante feito Rainha e um Pai que Trovejava do céu. Até mesmo a fala dele era outra. Os erres se curvavam mais e trinavam menos. Como uma nuvem que passa mansa e reluzente, atravessada pelo sol, enquanto rearranja sua forma.

Uma ideia relampejou-me. Trapaça genial.

O seu nome é Nuvem.

Nuvem?

Porque você deixa o seu coração bater sem medo, disse, espertinha e coquete, retornando à minha estratégia de encantamento. Com o patrocínio do *Clube da Esquina*.

(Soube, depois, que o coração de Marcos batia com medo o tempo todo.)

Ele se deu conta de que passaríamos o resto do dia ali se me deixasse brincar com palavras substitutas e enevoadas, que são as mais abundantes e baratas. E que João devia estar lá fora com seus vinte corações e tripas emboladas de tanto esperar sem saber.

(Angústia. Entendi, com meus avanços de conhecimentos matemáticos, por que o Pai tentava ser Johann o tempo todo. Porque Johann + Angústia = João. João - Angústia = Johann. Mas Johann nunca existiu, ele foi descobrindo também: era só uma máscara que tendia a derreter nos trópicos.)

Tenho uma ideia melhor.

Qual?

Você pode me chamar de Baba.

Baba? Que nem baba que sai da boca?

Quase. Baba é o mesmo que pai. Em outra língua.

Baba!, trovejo, para reverberar aquele nome no mundo inteiro.

Abracei de novo.

Aquele filho da mãe sabia o que estava fazendo quando trouxe você, não é?

Coitadinho… É que ele não sabe falar as coisas na ordem certa.

Era só ele ele ter dito *Pra você é fácil, Marcos! Você é o pai dela, não?*

E onde foi que você aprendeu a ordem das coisas?

Ué… com você!

Espertinha e coquete.

Aposto que sim.

Baba?

Hum?

E o suco de manga que você prometeu, cadê?

ESTRELA

Sou o espelho dela. Não de vidro, não de refletir imagem. De refletir alma, se me permite a pieguice. Monstro, ela diz. Sou um Monstro. E por ser assim tão Monstruosa, insiste em registrar sua monstruosidade em mim, para deixá-la no mundo como herança, como testemunho, para pedir Olhem para mim. Olhem para minha face grotesca, ferrugenta. Enxerguem além de Mim-Monstro. Porque eu preciso enxergar o Além do Monstro, mas sozinha eu não consigo.

Não escreve à mão, jamais. Exceto pequenos recados, pois não há espaço na mesa de telefone para mim. O telefone, aliás, chegou na semana passada: preto, brilhante, pesado. Era dos pais dela, eu me lembro em minha memória gravada em molas e arames. Pais que lhe deixaram o suficiente para passar o dia dentro desse apartamento e fazer o que bem entender. Fuma, canta, aumenta a coleção de discos, tem mania de dançar só de calcinha às vezes. Ou então acorda cedo e põe-se a faxinar, concentrada e diligente. Esfrega o pano úmido no chão com as próprias mãos, nos cinquenta metros quadrados do apartamento, como se pagasse penitência. Quando termina, toma um banho, veste uma roupa limpa e bebe sua xícara de chá sentada à indiana no tapete da sala, quase lúcida.

Não escreve à mão, já disse, pois sua letra de mão é por demais humana. Não é espelho tão eficiente quanto meus caracteres inumanos, letras batidas com secura. Mas tenho outras vantagens. Por exemplo: às vezes as palavras lhe fogem.

Percebo pelos seus olhos, que de repente se abrem mais, num espanto diante do Indefinido. É aí que lhe faço sugestões por telepatia (herança traficada da Alemanha Oriental, cripto-tecnologia soviética, secretíssima) e ela volta a me datilografar, aliviada por retomar o fluxo. Há quem acredite que eu me comunico com os mortos e transmito suas palavras aos vivos. Disso eu não duvido, já que nós, máquinas de escrever, nascemos em outra época e permanecemos, se bem cuidadas, por dezenas e dezenas de anos, pontes robustas entre passado e presente. Eu, Olympia SM7 — Sua Majestade, Olympia, Sétima de sua Espécie — carne de aço, pele azul e coração de fita bicolor embebida em tinta. Design alemão, verdadeira mercedes-benz das Schreibmaschine.

Além de mim, ela trouxe consigo um livro e uma bolsa com carteira e documentos. Abandonou-os, Homem e Criança, no outro apartamento. Era madrugada. Devem ter se dado conta na manhã seguinte, quando já estávamos instaladas num hotel na Frei Caneca.

Não a julgo. E como poderia, se não tenho religião, filosofia ou história? Sou o que fazem de mim. Objeto, eu. Abjeta, ela. Não digo isso porque essa seja a minha opinião. Ela é quem diz isso. Vomito palavras degradantes, humilho, xingo, bato a tarde toda tec-tec-tec. Depois assopro, digo Não fique assim, eu a entendo. Você não suportava mais. Acabaria por destruí-los. Deixando-os, permitiu que vivessem. Tu és boa, menina. Tu. És. Boa.

Chamo-a de Menina porque era praticamente uma menina quando me ganhou de presente de aniversário. Os pais estavam animados com suas aspirações de escritora. A filha bem encaminhada nos caminhos das letras, como eles, livreiros no início, depois editores. Punham o coração nos livros como os moribundos num fiapo de esperança. Afinal, o que sobrevivia à carne frágil, ao destino temeroso, senão a palavra escrita? Chegaram os dois à loja e foram apresentados à afetada Olivetti Lettera (metida à italiana e nascida em Guarulhos, como tanto paulistinha por aí), mas o verde-oliva lhes pareceu militar demais, e disso queriam distância. Depois viram a Hermes Baby folgazã, charmosa (já empolgado, afoito Hermes, imaginando o dedilhar da moça nova sobre ele). Cheiraram, os pais, o engodo daquele charme. Até que me viram. Azul clara, correta e discreta como governanta alemã.

Comecei por registrar-lhe os poemetos. Bonitos, até, mas de uma inocência triste. Depois veio a época em que passava hora inteira com os olhos sobre mim, mas olhando para dentro dela. Suspirava. Quando começou a bater JoãoJoãoJoãoJoãoJoãoJoão por meia lauda, adivinhei.

Hoje escrevo cartas ao analista. Doutor João Aguiar. Tinha que ser, claro. Um João a ouvir suas justificativas quase calado, Uhum, Sim, Fale-me mais sobre isso. Três sessões por semana, uma pequena fortuna que ela pode despender mesmo que tenha deixado dois terços do que tinha ao Homem, João-Primeiro. Doutor Aguiar nunca chegou a ser João-Segundo, mas apenas um repositório de João-Primeiro. João-Único, na verdade. Imagino que leve as cartas às sessões e as leia com voz mecânica de Olympia SM7.

Ela escreve uma dessas cartas quando PÉEEEIM, faz a campainha desafinada. Até eu me assusto, desacostumada às interferências do mundo do Além-Porta. Já deixou de ser quinta e adentramos na madrugada de sexta. É feriado, mas que diferença fazem nesta casa os feriados? Ela interrompe o tec-tec. Faz-se de morta, suspendendo a respiração. PÉIM, PÉIM, PÉIM, PÉIM! Os vizinhos daqui a pouco reclamam, monta-se o escândalo. Deus me livre! Talvez seja um médium bêbado batendo em porta errada, porque ela, afinal, está morta. Morta nos papéis, pelo menos. Mas o espírito, agora, treme de tão vivo. Levanta-se e olha pelo olho mágico para o Lá-Fora.

— Eu sei que você está aí. — diz o Outro do Além-Porta.

Reconheço a voz, mesmo de longe. Mesmo depois de meses. O Homem.

E ela bem que podia dizer que Não, não estou aqui, pois o Homem busca Esther, e Esther está morta. Não? Parece que há silêncio, mas há duas respirações em descompasso, uma de cada lado da folha de madeira. Se Ele entrar, ela me diz em nossa linguagem muda, nunca mais sairá. Até que os ombros caem de leve, vencida. Pois dá-se conta de que Ele nunca saiu, na verdade. Abrir a porta não é ceder, mas reconhecer o que já é.

A essa altura já estamos mescladas. Enxergo pelos olhos dela. Sinto através de sua pele. Vejo o Homem dessacralizando o apartamento-túmulo. Aumenta mesmo a temperatura, de leve, desse ambiente acostumado a apenas um corpo pulsante. Passa por ela sem espanto, com atuada cotidianidade. Tem um pacote de papel pardo na mão.

— Onde fica a cozinha? — pergunta.

Ela aponta o caminho. Segue-o submissa, sem desculpas. Espera pelo castigo que julga merecer. Que saia do Homem os xingamentos, as acusações, que ele diga a ela exatamente o que ela é: Monstro. Mas ele é frio, como eu, ainda que não seja feito de aço e fita bicolor. Também tem design alemão, mas é nascido no Brasil. Vasculha os armários e gavetas com sóbria intimidade, sem aparentes curiosidades, até encontrar o que busca: duas chávenas, uma chaleira de porcelana, uma colherzinha. Plins-plins agudos de louça sendo ajeitada. Enche o bule, que já estava sobre o fogão, de água da torneira. O ar limpo da madrugada intensifica os sons: gás acionado, fósforo riscado, chama brotando. O papel pardo se desdobra: cinco colheres de folhas escuras de chá, duas para ele, duas para ela, uma para o pote, como ela mesma o ensinou. Distribui as chávenas sobre a toalha branca da mesa da cozinha, uma de frente para a outra, e recosta-se na pia, de braços cruzados, enquanto espera a água ferver.

Ferve ela, também, junto com a água. Sente que vai gritar, apitar como o bule. A pressão aumenta, ele olha. Começa a borbulhar, ele vê. Estremece, e ele enxerga além do Monstro.

Só o bule apita. Ele o resgata a tempo e despeja a água na chaleira.

Encara-a, agora, do outro lado da mesa enquanto o chá ganha cor. Ela baixa os olhos, frágil menina capturada em fuga para a casa da avó. É sempre assim quando há um Outro. Em sua solidão, ela é grandiosa. Tudo o que pensa e faz é grave e sublime como uma suíte de Bach. É eterna, repleta de monstruosidade. Mas se um Outro pergunta, de fora dela, então a profanidade da interrogação a derruba, bruta, no chão duro de cimento. Vexa-se, como se pega em feia nudez.

— Você veio aqui para me buscar?

— Não. — ele diz, tão vazio de intensidades secretas e vingativas que ela tropeça naquele vazio, supreendida. Pega aquele Não e o apalpa, confusa. O que faço agora com isso? O Não cresce em suas mãos como gema de ovo cozido dentro da boca.

— Isso chegou lá em casa. Achei que pudesse fazer falta.

O chá. Chegava de três em três meses, de uma lojinha obscura do Rio de Janeiro. Ela achava estranho que tivesse que buscar no Rio um chinês que soubesse importar o chá adequado. Até que um conhecido revelou-lhe o segredo. *Escreva para o senhor Yang. Vou pedir à minha secretária que lhe envie amanhã o endereço e o catálogo. O pagamento pode ser feito com vale postal.* Datilografava em folha sulfite: Earl Grey – 100 gr; Lapsang Souchong – 50 gr; Orange Pekoe – 50 gr. Dobrava a folha em quatro, com o vale postal dentro da dobra, e lacrava o envelope de bordas verde-amarelas com remetente e destinatário profissionalmente batidos à máquina.

Daqui ouço o Homem despejar o chá amadeirado na xícara e recebo o aroma defumado, masculino. Lapsang Souchong, nomeio. Não sei pronunciar, pois nem boca tenho, mas soletro como ninguém.

— Você é bom, Johann.

— Vai dar pra me chamar assim, agora?

— Não posso?

— Pode. — E esse Pode é macio, gentil e inesperado como o Não.

Ela teme por fora, mas chora por dentro. Escreveu intermináveis cartas para Johann: acumulam-se na gaveta, nunca saem daqui. Nelas, ela pede perdão, explica-se, flagela-se.

— Me diga então como você se chama agora.

Olha de soslaio para mim, resposta já pronta.

— Olímpia.

Se eu tivesse lábios e dentes, sorriria agora. Sim, temos nossos paralelos. De mim, Olympia, quase tudo — Quase Tudo! — pode sair. Mundos inteiros. Dela, Olímpia, mais do que mundos: vida, mesmo. Dela até uma criança saiu certa vez. Não a criança Nela: esta nunca a deixou. Mas uma outra criança, que pertencia desde o princípio a si mesma. Por isso sou Olympia Sétima, a Perfeita. Ela é Olímpia Oitava, a Infinita.

— Olímpia. — ele repete, assentindo ao seu desejo como quem aceita o inevitável com sossegada resignação.

Ela não pergunta pela criança. Nem ele parece esperar isso. Sabem, os dois, que ela não tem esse direito.

— Eu também quero um outro nome aqui dentro. Não *Johann*. Outro.

Ela ri e entra num silêncio breve e pensativo.

— Hermes. — sentencia.

Ora... *Hermes*! Não deve gostar tanto assim do Homem quanto eu supunha. Valha-me, Senhor! Logo uma marca concorrente, Olímpia? E suíça, ainda por cima! Quem respeita os suíços, meu Deus? Nunca assumem nada, só sabem produzir guardas para o Papa. E chocolates, ah esses, sim... Eu, se tivesse língua, sorveria chocolates todos os dias, já que não engordo. E relógios: os suíços fazem bons relógios, isso não posso negar. E máquinas de escrever de teclas coloridas que mais parecem confeitos. Eu, não. Sou máquina séria, adulta. Sustento a gravidade de um Sete: número puro e claro, corpo em equilibrada inclinação de bailarina.

— Hermes... — experimenta ele.

— Pois está decidido. Aqui dentro você é Hermes.

— Então posso *estar* aqui às vezes? — ele pede, cuidadoso.

Curiosa escolha de verbo. Estar aqui. Pois quem aqui está não pode estar ao mesmo tempo no Além da Porta. Aqui somos outros, somos o avesso da Vida Lá Fora. Um túmulo, mas também um útero de onde brota algo novo.

— O chá vem de três em três meses.

— Muito bem. — ele concorda. — De três em três meses, então.

Suspira, pensativo, e continua:

— Sabe... eu posso olhar para uma estrela no céu e ela já não existir há milhares de anos. Vi isso no Fantástico domingo passado. Como elas estão há milhares de anos-luz de nós, a gente enxerga o brilho que elas tinham há milhares de anos-luz. É estranho ver uma estrela brilhante e pensar que, nesse mesmo instante, ela pode estar morta.

E assim ele reconhece, entrelinhas, a morte de Esther. E também o nascimento de Olímpia. E de Olímpia ele gosta de um jeito diferente. Um gostar manso, sem estremecimentos.

— Conheci alguém.

Laços apertados, nós estreitos se desfazem dentro dela ao ouvir aquilo. Parte da culpa se dissolve como cubo de gelo em água quente. Ela não o deixará sozinho, afinal. Além da Criança, há mais alguém.

— Isso é bom... Hermes.

— Também acho. — diz baixando os olhos, encabulado. O canto da boca se retorce de leve, segurando dentro dele a felicidade que lhe faz cócegas, para não se exceder e ofendê-la em sua solidão.

Ele é bom. João. Hermes também: um tanto confuso e novo, mas bom. Eu vi, com esses olhos que a ferrugem há de comer, os olhos compridos que ele punha nela mesmo quando ela olhava para o Nada, para o Dentro. Olhos pacientes, ainda que desenganados, certos de que tinham algum dever, alguma dívida cármica, talvez, sabe-se lá como funcionam essas coisas. João-Hermes sabe que estará aqui às vezes. Muitas vezes.

— Esse chá... — ele continua, ousando sorrir de leve. — Ele tem um gosto estranho. Parece um chá de...

Ela ri com ele, dando-lhe permissão para mais.

— De linguiça defumada.

— Mas é bom.

O sorriso se amplia. Um leve rubor cobre o rosto dele. Sei porque aumenta a temperatura no apartamento, um tiquinho mais. Só eu, corpo-antena de metal, distingo.

— É bom, sim.

E suga o líquido até secá-lo na xícara. Ela adivinha com seu corpo que tem outras antenas, diversas das minhas.

— Qual é o nome dele?

— Marcos.

— Mar-cos. — ela repete, metafísica. — Já gosto dele.

— Assim? Rápido?

— Gosto de tudo que tenha Mar.

Marcos cobrirá a ausência dela com suas águas de sal e de azul, me contará mais tarde. Permitirá que Esther morra tranquila em seus abismos profundos, beijada e consumida por peixes, polvos e cavalos marinhos. O rosto de João já se desmancha em ondas, acima das águas, enquanto Esther se despede e afunda, até que o breu a abrace para sempre.

— João! — chama, como se não suportasse segurar o ar embaixo d'água até desfalecer e, vencida, sobe à tona.

Ah, já percebo... Não aceitará bem esta morte. Começa a sentir certas teimosias. Quer viver. Não suportou, nem por meia hora, ser minha gêmea, fria e imóvel.

— Esther! — responde João, desvencilhando-se da xícara e buscando as mãos dela, num reflexo impensado, tentando salvá-la do mergulho irremediável. Mas é tarde.

— Eu errei, João.

— Errou, Esther.

E o errar dela foi como errar em mim. Pois eu não sou como esses computadores que, dizem, logo irão me substituir. Esses que editam o texto sem deixar marca. Eu admito correção, mas não escondo o erro passado. Ela pode passar aquela tinta branca sobre a letra errada, mas o ardil secará e brilhará em meio ao papel fosco, gritando: Erraste! Pode ser ainda mais ousada e assinalar um xxx em cima da palavra menos apropriada, mas o xxx acusará um tropeço na linha da sentença, como barbante arrebentado. Tudo eu registro. O caminho inteiro. Mordo a folha com meus dentinhos de aço, letra por letra, e faço existir sem piedade nem meandros.

— E eu não posso mais voltar, João?

— Não, Esther. Nunca mais.

MISTÉRIO

— É o seguinte... — Marcos entra na cozinha sussurrando. — Estou na fase final da tese. E você sabe muito bem como é... Vou viver à base de guaraná em pó, café e coca-cola.

Ele sabe, e por isso desconfia do que vem em seguida. Mas termina de encher a caneca com o chá preto. Marcos continua.

— E por isso você vai ter que assumir a tarefa de contar histórias pra Tancinha dormir. Pelo menos por uns dois meses.

O raciocínio dele é suspenso, imediatamente. O corpo, desgovernado, leva a caneca à boca. Queima a língua.

— Caralh...

Larga a caneca em cima da pia e reprime o palavrão, retomando a consciência, mas não o controle. Palavras borbulham da boca dele, fracas e confusas.

— Constança já é grandinha. Ela pode dormir sem histórias, não pode? Além disso, ela está aprendendo a ler. Acho que a gente devia parar de ler pra ela pra ver se ela não começa a ler sozinha e...

Os olhos negros de Marcos tomam toda a cozinha.

— Você precisa perder o medo que tem da sua filha, João.

Droga.

Um gritinho sai do quarto de Constança e aterrisa na cozinha.

— Marcos! Marcos!

Reconhece os passos em carreirinha animada pelo corredor, depois na sala e, vendo que Marcos não está ali, logo os flagra na cozinha. Entra pulando, balançando um livro no ar com as duas mãos.

— É pra mim? É pra mim? Tava na minha cama, embrulhado pra presente!

— Se a senhorita nem sabe se é pra você, por que foi que abriu o embrulho, hein? — ralha Marcos, cruzando os braços, em fingida severidade.

Constança estaca. O sorriso some. Os bracinhos caem para baixo. Não pela reprimenda de Marcos, mas porque se dá conta de que ele está ali também. A menina se encolhe, esperando a bronca por ter aberto presente alheio. Marcos abre os braços para ela.

— É claro que o presente é pra você, Tancinha! Deixa eu ver... Esse livro é sobre o quê?

Retoma o júbilo inicial, entregando o livro para Marcos.

— Eu não sei. Não consegui ler, não. Mas tem um gato na capa. E um passarinho preto. É um tucano, é?

— Hum... deixa eu ver. Não, não é um tucano. É um corvo. Você já viu um corvo, Tancinha?

— Nunquinha na vida.

— Nem eu. E o nome do livro é... Hum... — afasta a capa, como se não enxergasse de perto. Depois a aproxima do rosto, a centímetros dos olhos, teatral. Faz uma careta. — Jesus amado, eu também não consigo ler, Tancinha! Será que eu estou ficando cego?

Ela solta um *Oh*, também exagerado. Cúmplices no palco, os dois. Ele, mero expectador.

Marcos estende o livro para ele.

— E você, João? Será que consegue ler?

Pega o livro, temeroso de não falar a coisa certa e divertida, que permitirá que ele também seja incluído nos folguedos dos dois. Estuda a capa e.

Marcos, seu filho da! Mas em vez disso, lê em voz alta e pausada:

— Der Satanarchäo... meu Deus, que isso! — toma novo fôlego — Der Satanarchäolügenialkohöllische Wunschpunsch[1].

— Tancinha! — exclama o filho da puta, erguendo os braços em extravagante assombro. — Você entendeu isso, Tancinha?

Ela ri, satisfeita, desta vez para ele.

— Só um pouquinho.

— Então, se só vocês dois entendem essa língua doida aí, quem vai ler esse livro pra você não sou eu, Tancinha, mas João.

— Mas...

— Mas...

Quase suplicam, ao mesmo tempo, a Marcos:

Não me deixe sozinho com ele!

Não me deixe sozinho com ela!

Mas o homem deve ter planejado isso há semanas. Descobriu que Michael Ende é o escritor infanto-juvenil da moda, encomendou a versão importada do livro e preparou a arapuca.

O canalha é genial, reconhece.

— E agora com licença vocês dois. Tenho uma tese de doutorado pra revisar.

E deixa atrás de si um rastro de saudade.

— Já fez toda a lição de casa, Constança? — pergunta, sendo pai do jeito que sabe, ou seja, deixando-a em dívida sem fundo.

---

1 Título original do livro "O Ponche dos Desejos", de Michael Ende, publicado no Brasil pela editora Martins Fontes.

— Já.

— Então pode assistir sua novela.

— Depois eu posso assistir Deus nos Acuda?

— Não. Depois a gente vai jantar, eu vou assistir o Jornal Nacional e você vai tomar seu banho e escovar os dentes. E então eu vou ler essa história aqui pra você, está bem?

Murcha toda, a menina. Como sempre, ele faz tudo parecer castigo.

— Tá bom.

Retira-se, esquecendo o presente na mão dele.

O chá está frio. Faz menção de atirá-lo na pia, caneca e tudo.

Resiste.

Sua irritação brota de um perene desajuste com o tempo e o saber do Mundo. Como se todos em volta dele Soubessem, menos ele. Todos vivendo um passo à frente e ele atrás, lento, tolo, míope. Um desconforto bruto, primitivo, sem nome porque nascido antes mesmo da primeira palavra. Não é um saber intelectual: esse ele tem. É professor universitário, inclusive. É um Saber mais fundo, mais escuro e telúrico. Saber o que Constança precisa dele sem que tenha que pedir. Saber o minuto em que Esther chegou ao seu limite antes de abandoná-los no meio da noite.

Esther sabia tão fundo que sabia até o avesso. Era toda feita de pressentimentos e clarividências. Sem cascas, como se vivesse nua o tempo todo para receber, diretamente sobre a pele, os mais tênues impactos, os mais ínfimos sopros. Deitava-se na cama com os braços e pernas abertos e esticados como se os seus membros fossem antenas captantes, sorvendo o mundo. E porejava verdades. O tempo todo.

Ele tem medo de conhecer, em Constança, essas heranças possíveis.

Está deitada como uma velhinha ordeira e cotidiana: cobertor ajustado embaixo dos braços, mãos cruzadas sobre o peito. Os pezinhos impacientes balançam e se chocam em conflito pendular. As paredes foram pintadas de lilás porque ela diz que rosa é *enjooso*. Ursinhos de pelúcia acumulam-se num canto, um deles tetricamente caolho, botão negro pendendo por uma linha comprida até o queixo. Em cima do baú fechado de brinquedos, enfileiram-se a boneca da Moranguinho, da Xuxa e os pôneis coloridos. Ele sente cheiro de arrumação recente, temerosa da rara visita. Busca de novo o urso caolho, de pelagem ruiva quase brilhante de tão sintética, para distrair-se da timidez que lhe brota dentro daquele quarto. Tem vontade de atirar o urso pela janela, mas resiste.

A cama é pequena demais para ajustar seu corpo maciço e grandalhudo. Ele bem que tenta, mas quase resvala para o chão. Ela, atenta ao que acontece ali, toma o controle. Ajeita-se para o lado , dando-lhe espaço, e puxa o braço dele sobre os ombros dela, ensinando-o a ser pai. E, para o seu completo pavor, ela se aninha ao peito dele e espera.

Abre a primeira página.

— An diesem letzten Nachmittag des Jahres war es schon...

Os pezinhos começam a se acalmar.

E esse aqui é o João, filho do Julio e da Miriam Adler, que... Vocês me dão licença, preciso falar com aquela pessoa ali. Ei, ei!

Não tem mais memória de quem os apresentou. Mas foi numa festa de casamento. Ela não era pura e cintilante como seu nome sugeria, mas rutilava raios quentes, cabelos e sardas acobreados, olhos ambarinos que fulguravam em voraz investigação do mundo. Escolheu-o imediatamente.

Você tem namorada?

Não.

Então vou te dar um beijo.

Nem ficou sem jeito, porque achou que ela estava gozando da cara dele.

E por quê?

Porque teu nome é João.

Por que meu nome é João?

Sim. E esse nome carrega o Maior Mistério da Língua Portuguesa, o Ão.

Quis rir da moça que decerto perdera o senso. Quantos Joões ela já tinha enrolado com aquela historinha? (*Você foi o número trinta e sete,* ela gracejaria depois) Antes que ele decidisse o que fazer, foi pego pela mão e conduzido para o além-do-salão. Deixou-se levar, inocente, em solitária interrogação sem frase. Passaram pelas senhoras gordas em vestidos de festa alugados, desviaram da ciranda vibrante que girava em torno dos noivos. Deslizavam como dois peixes no fundo do mar fazendo o caminho contrário ao de um cardume aborrecido. E porque se chamava João, nada entendia, mistério que era até para si mesmo. O ponto de interrogação ficou agarrado, pelo caminho, em algum arranjo de flores. Quando alcançaram o escuro de algum canto silencioso e fecundo, apenas aceitou. E ela mergulhou fundo nele, como se caçasse, em sua boca, o miolo do Mistério.

Arrancou-lhe as palavras, uma a uma, engolindo-as.

E quando, por fim, descolou-se dele, encontrou um homem sem linguagem, oco, bestificado. Sem nome nem mistério.

— Aua! sagte sie. Aua! - Aua! - Aua! - Aua!

E enquanto ele imita um dedo sendo martelado e soltando seus *Ais,* um fio do cabelo dela lhe invade a garganta. O livro cai no chão, ele se inclina para a frente, tateando a cama e o criado-mudo. Tosse, e se cobre de vermelho e suor gelado. Ela bate a mãozinha com força nas suas costas, repetidas vezes, tentando salvá-lo. O cabelo se desgarra, enfim, da sua garganta, embolando-se na língua dele. Apalpa-a com os dedos escorregadios até puxar para fora o fio castanho e comprido. Respira fundo, sobrevivente. Dá as costas à filha para que ela não o veja limpando a baba que lhe escorre pelo queixo.

Mas quando se volta para ela, encontra-a com o rosto tão afogueado quanto o dele segundos antes, e os olhos, antes quase transparentes, acendem-se como nunca, dentro dos contornos rubros e úmidos.

— Achei que você ia morrer!

E chora, pois aquela palavra, *morrer*, estoura a rolha que segurava seus medos ainda tão crus, tão ardidos, pois ela sequer tem anos suficientes para criar uma casquinha de pele sobre a carne viva do medo.

E ele tem vergonha mais uma vez naquela noite, porque paira sobre Constança a densidade viscosa e atroz de uma Mãe Morta.

Ajeita-lhe a cabeleira cacheada, selvagem como a dele seria se a deixasse crescer também. Ela o encara com os mesmos olhos dele. Mas ainda que seja o seu reflexo físico, por dentro ela é Ela. Lembra-se que, por meses, Esther e a menina foram a mesma pessoa, a mesma carne, o mesmo sangue, os mesmos nutrientes, o mesmo espaço no mundo. E é isso que ele não quer. Ou quer? Esther em Constança. Esther, a filha da puta que se foi, se foi! E não se foi, deixando-lhe Constança, e isso o confunde, e o atordoa, e o faz menino ignorante, medo constante e exposto no mundo, andando por aí sobre duas pernas que ele não controla.

Sopra o medo para longe. Não pode se desmontar agora. O que Marcos diria?

— Quer saber? Deixa essa livro pra lá. Por que a gente não inventa uma história?

— Pode ter um corvo e um gato nela também?

— Pode. Era uma vez um gato. E o nome dele era...

— Selerepe.

— Sere-lepe é que se fala.

— Se-re-le-pe.

— E qual é a cor do Serelepe?

— Cor de... gato siamês.

— Muito bem. Era uma vez um gato siamês chamado Serelepe. Ele morava num apartamento com uma menina e dois pais. Esse apartamento tinha uma sacada, onde ele se deitava todas as tardes e oferecia a pancinha peluda para o sol.

— E o sol dizia: Mas que pancinha mais fofuchinha! Vou dar um beijinho nela! Muááá!

— Mas um belo dia...

Os pezinhos estavam imóveis, em expectante fascínio.

— Um belo dia ele viu um corvo voando lá no céu.

— E ele ficou apaixonado pelo corvo?

— Sim! Ele se apaixonou pelo corvo! Porque Serelepe era um gato muito, muito especial. Você sabia que ninguém se apaixona pelo corvo? Só pelas águias, pelos rouxinóis, pelas andorinhas... Mas Serelepe achou tão bonita aquela plumagem negra como breu...

— O que é breu?

— É o preto mais preto de todos.

— Que lindo!

Intriga-se.

— Você não tem medo do escuro, não é?

Ela o busca com uns olhos diferentes, fundos, e ele enxerga atrás deles uma outra alma, desconhecida e quase impessoal em sua grandeza. A Herança, Senhor... Prepara-se para o baque. Ela abre a boca, grave pitonisa, Outra:

— Era escuro na barriga da minha mãe, e era bom e quentinho.

Encontrou o Mistério? perguntou a ela assim que recuperou o fôlego.

Encontrei.

Mas nunca revelou o que havia encontrado, porque gostava de saborear sozinha os Mistérios dele, e mistério revelado perdia o gosto.

É isso que Marcos não vê, ele pensa. A Origem, ele não a conheceu, argumenta para si mesmo, e por isso Marcos não se assusta. Não... Afasta o pensamento como quem tenta o ceticismo para curar seu medo de fantasmas. Ele, João, é que deve ser lento. Tolo. Míope. E precisa se ajustar, rápido. Toma coragem e continua, como se não tivesse ouvido o que Constança acabou de dizer.

— E os olhinhos negros do corvo refletiam a luz em um pontinho branco como a lua cheia. E o nome do corvo era...

— Era qual?

— Mistério, era o nome dele.

Paralisa-se boquiaberta, estupefata. Embruxada pelo Mistério.

— E o Mistério voava, exibido, sobre a varanda. Voava tão bonito, tão cheio de remoinhos, tão, tão... que era como se dançasse também. Dançava para as estrelas, porque Mistério amava as estrelas. E enquanto voava e dançava, ele encantava, enfeitiçava o Serelepe.

— E aí o Serelepe pegou o trem pras estrelas e deu um beijo na bochecha do Mistério!

Atordoado, como se estivesse andando confiante pela calçada e de repente tropeçasse, ele volta a si. Constança tinha essa mania de brincar com trechos de músicas dos discos de Marcos, como se fossem legos que ela pudesse separar e rearranjar como quisesse. Mas Cazuza? É prudente tocar Cazuza perto da menina, Marcos? E que tanto beijo ela coloca nessa história? Isso é novela demais. Vou ter uma conversa com ele, anota num canto da sua mente.

— Pai!

— Ãh?

— O Serelepe, pai.

— Não, meu bem. Ele não pegou trem pras estrelas nenhum porque o Serelepe era um gato. E os gatos nunca saem dos apartamentos.

Nunca *é a maior palavra que existe,* explicou Esther. *Ela é forjada em placas de chumbo e concreto. O* Nunca *mata na hora.*

Não jogue essa palavra imensa e pesada em cima da nossa filha, ela disse. *Jogue um Não de vez em quando. O Não é indispensável. O Nunca é cruel. Mesmo quando o Nunca é para dizer "Eu nunca vou deixar de te amar"?,* tentou contra-argumentar, galante. Chegou mesmo a sorrir, esperando que ela se derretesse nos braços dele. Em vão. Estrelas não derretem. *Esse Nunca é mais que cruel: é perverso. Porque é mentiroso.*

— Além disso, Constança, o Serelepe gostava do sol e do dia, e o Mistério gostava da lua e da noite. Não... não ia dar certo.

Sente vergonha, de novo. Como se tivesse derrubado um vaso chinês da dinastia Ming na casa dos outros.

— Pai.

— Oi?

— Você não sabe de nada.

Olha para ela. Vazio.

— Deixa eu terminar essa história. — ela ordena.

E se aconchega melhor nele, como se soubesse que ele precisa de consolo. A Herança. Mas em vez de ter medo de novo, ele fica.

— Serelepe descobriu que ele não era só um gato: à noite, ele se transformava numa águia...

LUA

Tentei me esconder no fundo da caixa estufada e fedorenta de chuva, mas ele me agarrou pelo cangote e me ergueu até a altura do seu rosto. Tinha a pele escura, mas os olhos eram muito mais negros e reluzentes, refletindo meus pêlos. Analisou-me, grave e rugoso, e ao fim da análise sorriu, voltando a ser jovem. Tremi, antecipando a morte lenta e tortuosa nas mãos daquele homem.

— Gostei de você.

Sequer me opus, tamanho o meu horror. E nem conseguiria, porque ele sabia por onde me segurar, aquele ponto perigoso da anatomia felina que expunha todo gato à possíveis humilhações: o cangote elástico.

Entramos no prédio que outrora me servira de sombra no terreno baldio ao lado. O Homem cumprimentou o porteiro, que eu reconheci: havia-me enxotado outro dia. Deviam ser cúmplices, pensei. Subimos, subimos e subimos tanta escada que o homem se cansou, mas manteve as mãos firmes em mim. Quando chegou ao andar, suspirou ruidosamente, triunfante. Atravessamos a porta.

Assim que me botou no chão, corri para debaixo da pia da cozinha, naquele cantinho inalcançável que acumulara teias de aranha e até uma barata grande e seca, de patas quebradiças e espantadas apontando para o ar. Talvez me sustente por dois dias, pensei, já com nova teimosia, resoluto a ficar ali enquanto pudesse aguentar.

— Sei onde você está, rapazinho. Mas tudo bem. Você precisa de tempo, né? Tudo ainda é muito novo, sei como é.

Assoviava enquanto abria a porta da geladeira, os armários e as gavetas. Tuc-tuc-tuc, dizia a faca na tábua de carne, prometendo destrinchar-me em breve. Encolhi até alcançar a metade do meu tamanho. A barata, ao menos, teve morte digna. O corpinho mumificado, intocado, a alminha blatídea no colo de Deus como um bebê que ergue os bracinhos e pezinhos para a mãe sorridente. Eu, no entanto, me transformaria numa massa sanguinolenta de tripas, músculos e pêlos, meus dentes paralisados num ricto tétrico, sacrificado a Satã como todo gato preto.

— Aqui está, é tudo seu. Vou deixar você sozinho pra te deixar mais à vontade. Depois a gente conversa. — disse, empurrando dois potes na minha direção, mas ainda assim distantes, do lado de fora da minha caverna: um com água e outro com o cheiro doce e decadente de carne crua. Meu estômago roncou, minha garganta ardeu. Era julho. Às vezes passava dias sem encontrar uma poça d'água. Meus olhos ficavam quase apagados nessa época do ano, como dois damascos enrugados. Na luta entre minha determinação em manter meu corpo inteiro e vivo e minha sede rascante, comecei a delirar. Queria morrer ali, limpo de dilemas, invejado daquela barata que, perto do punhado de carne rubra e perfumada, não passava de carcaça folhada. Eu, agoniado, sentia que estava prestes a ser torcido e partido em dois.

— Alô? Mãe? Tudo bem com a senhora?

A voz do Homem vinha da sala. Dali eu podia vê-lo sentado na cadeirinha acoplada à mesa de telefone. Concentrado, sobre o aparelho negro — como eu, aquele sim! — enquanto brincava os dedos no fio em espiral. Dali ele não poderia me matar. Se eu corresse, poderia comer, beber, e voltar para o meu esconderijo antes que ele pudesse me alcançar. Mas desconfiei, gato preto que sou. Esperei mais um pouco.

— Calma, mãe, tá tudo bem por aqui. Sim. Com saúde, graças a Deus. Ué, não posso ligar pra minha mãe no meio da tarde de quarta-feira? A senhora vai sair pra algum lugar? Ah, que bom. Ãh? Dona Laura que espere, mãe, tenho uma novidade pra contar pra senhora. Não, não! Coisa boa, mãe!

Fui. Bebo. Bebobebobebobebobebobebobebo-aaaaaahhhhhhhhhh!

Depois a carne. Gluglupglupglupnãohátempopramastigarg-lupglupglup.

Voltei.

— Seu filho agora é professor da USP, mãe.

O *mãe* saiu meio tremido da garganta do Homem. E minha garganta, desacostumada ao passamento de tantas delícias, ameaçou se abrir para receber de volta a carne que soquei no meu estômago mirrado.

— Primeiro lugar no concurso, mãe. Mas tinha que ser, né... era só uma vaga, mesmo. A senhora acredita nisso? Pode! Pode contar pra dona Laura, pra vizinhança inteira! Professor Doutor, viu?

Um terremoto foi nascendo dentro de mim e começou a crescer em ondas de amplitudes crescentes, tomando-me inteiro. A carne transformada em lava se enfurecia, tensionava, gritava para sair.

— Se a vó Clarice estivesse viva ia ficar tão feliz, mãe. É... foi nela que eu pensei primeiro. Vó Clarice, analfabeta, vivia dizendo que o neto dela ia ser doutor. Bruxinha, a danada. Acho que fiz isso por ela, mãe. Pela senhora também. Aham. Também.

E minha boca finalmente entrou em erupção. Líquido e pedaços nem sequer ainda digeridos de carne esparramaram-se pelo piso acinzentado. A contemplar a minha obra, pensei: se pudesse escolher meu nome, seria Vesúvio.

(Conto agora um segredo que muita gente já intuiu: os gatos nascem sabendo. Somos a reencarnação de espíritos de sábios e eruditos que, condenados por sua excessiva vaidade, renasceram em corpinhos peludos e majestáticos. Nosso castigo é não ter a memória apagada. Tentamos dizer as tiradas mais geniais, as ironias mais refinadas, e só expelimos um miado. Alguns filósofos iluministas já estão em sua décima encarnação felina. Os franceses, em especial, na décima quinta. Voltaire, mesmo, vive nas penumbras da Praça Roosevelt. Nietzsche é gata escaminha das mais ariscas: montei-a num de seus cios, mas arrancou-me tanto sangue com as unhas que prometi a mim mesmo que Nunca Mais. Wittgenstein, siamês mudo: quando tenta miar, sai-lhe da garganta um sussurro seco e irritado. Já Leibniz foi adotado logo de cara: ajusta-se ao colo de todo mundo, a vadia).

Tive a impressão de que a barata riu de mim, insolente. Encarei-a, cobrando explicações, mas ela já estava novamente imóvel e pura, patas arriba, vozinha suspirosa e sumida, *Jesus Cristinho, humildemente eu vos suplico*. Concentrado na oração da criatura, nem ouvi o telefone sendo posto no gancho. De súbito, os sapatos do homem estavam ali, contemplando meu transbordamento. Agora sim, pensei. Agora vai me matar. Fechei os olhos, esperando a pancada.

— Pobrezinho...

Abri um dos olhos.

— Teu estômago não aguentou, né? Deve estar há muito tempo sem comer...

Dois dias, tentei dizer. Mas saiu apenas um miado rouco da garganta irritada.

Ajoelhou-se e começou a limpar minha bagunça com um trapo.

— Liga, não, rapaz, isso aqui não é nada. Eu devia saber que você ainda não está preparado pra um banquete desses. Mas logo, logo vai estar, você vai ver.

Espirrou no chão um líquido artificial que me enjoou, retorcendo-me por um segundo. Passou, em seguida, outro pano, e o piso ficou limpo de novo.

— Você vai se acostumar, rapaz. A vida vai melhorar, prometo. A gente vai ter tudo de bom que a gente merece, você vai ver.

O que eu merecia de bom? Nem sabia mais. Nasci preto. Nem a presunção felina eu tinha, aquela certeza dos meus pares de que o mundo estava ali para servi-los, mesmo que vivessem e morressem na sarjeta. Era a paga pela humilhação do reencarne, acreditavam. Menos os pretos. Tínhamos era uma cisma permanente, um couro mais duro pra apanhar, o medo de ser estripado porque só éramos bons para magias tortas. E por mais que meu pelo fosse lustroso e brilhante, e meus olhos como duas luas novas alaranjadas, mesmo quem gostava de gato olhava para mim e dizia *Gato feio da porra*. O que o homem queria de mim, portanto?

Ele me estendeu um pote com água nova.

— Uma coisa de cada vez. Primeiro a gente acaba com essa sede. Enquanto isso, vou arrumar uma caixa pra você dormir.

E foi arranjando, pela casa, minhas primeiras posses. Cama, cobertor, potes de margarina transmutados em potes de comida. Saiu, por fim, deixando-me sozinho por meia hora no apartamento, e retornou com caixa de plástico vermelho, saco de areia, ração e solução anti-pulgas numa garrafa de plástico azul.

— Eles vão chegar daqui a pouco, você não se espante. Vai gostar deles. Bom... de João eu não sei. Ele certamente não vai te dar muita bola. Talvez resmungue por umas duas semanas, o galego. Nem vai deixar você entrar no nosso quarto. Mas eu prometo que abro a porta pra você depois que ele pegar no sono, tá? Já a Tancinha... Ah, Tancinha vai ficar louca!

Louco fiquei eu, pouco depois. Vi-me, com olhos de dentro, no ventre de um búfalo que roncava alto, muito alto, mas não, não era um búfalo, era um avião chamado Buffalo na verdade, e eu rolava, resvalava pelo portal escancarado de trás do búfalo até cair na vastidão sem bordas do vento, e pensava enquanto era puxado para baixo na velocidade da pedra É cloaca ou é cu mesmo o nome do que o búfalo tem?, e PLAFT, o mar. Água por todos os lados, água não pelo amor de Deus que eu sou um gato! Então me dou conta de que vou morrer, não adianta lutar. Espero a água me encher os pulmões até que Bastet, a Deusa, me receba de patas abertas, seis tetas cheias de leite só para mim, por toda a eternidade. Mas eu ainda escutava a voz distante do homem enquanto me banhava com água e veneno — Eu sabia que ia tentar me matar! — que enchia a bacia de pontinhos pretos, mortos, esperando que os buscassem a sua Deusa Pulga e os levassem para um Paraíso cheio de infinitos gatos e cães gordos recheados de sangue quente e apetitoso.

(O Paraíso dos famintos só pode ter comida, ainda que o corpo já tenha se esvaído na Terra. É que a fome perfura o estômago, depois cavuca mais e estraçalha o espírito. Decalca-se na alma e na memória como tatuagem etérea. A fome é ferida das mais fundas).

— Eles vão ficar felizes por mim, eu sei. Muito felizes. Mas não entendem, sabe? Aposto que João vai dizer *Eu sabia que você ia passar* como se isso fosse elogio. Pra ele isso é bom, mas nada extraordinário. Porque ele nasceu e cresceu num mundo que foi feito pra ele. Tancinha também… Tão querida, Tancinha… Inteligente que só vendo. Vai estudar na USP, tenho certeza. Como se fosse a coisa mais natural do mundo. Mas pra mim, rapazinho, pra mim…

Enrolou-me na toalha e lá fiquei, acasulado como bebê no útero, enquanto ele me guardava no colo dele. Eu não o via, mas sabia que me olhava como mãe sorridente.

— Pra mim isso é quase como pisar na lua, sabe?

Para mim também, tentei ecoar, mas nem miado me saía mais, esgotado que estava de tanta resistência. Fui amolecendo, imprudente, quase feliz.

Pra mim também.

BICHA

Não encosta nela! Senão você vai morrer!

Uma clareira se abre em torno de mim no pátio da escola. Todo mundo me encara, uns com os olhos explodindo de tão gordos, outros tapando as bocarras escancaradas.

Seu imbecil! reajo. *Ele é um imbecil, não sabe de nada!* anuncio a quem quiser ouvir.

O menino incha, inspirando o ar que pode para soltar, em seguida, a sentença fatal:

Minha mãe disse que seu pai é BICHA, e que por isso você também tem AIDS, e todo mundo que tem aids MORRE!

O Horror me abocanha, me mastiga devagar e me cospe de volta. Sou toda gosma sólida e azeda de Horror. As meninas gritam, os meninos correm. Pandemônio no recreio. Meu peito é maior do que eu, batendo BA-BUM-BA-BUM-BA-BUM! Meu rosto, melecado de suor, arde como se estivesse pegando fogo. Será que é febre? Estou morrendo? Se estou morrendo, meu Pai já deve estar duro e estatelado em algum chão, olhos abertos naquele opaco espanto da morte, língua esponjosa pendendo da boca.

Viu só? Ela tá vermelha! Ela tem aids!

Mais gritos.

Não encosta nela, não encosta nela! a advertência tem várias vozes.

Cato o Ódio que achei no fundo da garganta do Horror, e o Ódio tem a força de um gorila. Ninguém mata meu Pai assim, sem morrer doído nas minhas mãos.

Se eu vou morrer, você também vai, seu imbecil!

Fecho o punho e esmurro um murro que urra. O dente de leite salta como um grilo assustado e se esconde embaixo do banco. Cauê abre a boca a chorar, a gengiva sangrando, banguela, em súbita consciência da própria nudez frágil e vermelhusca de gengiva. Sou grande, sou forte, sou o próprio corpo da morte. Volto-me para os outros em desafio, punhos fechados, peito estufado. A Incrível Hucka.

Aaaaahhhh! meu grito de guerra é selvagem e viril.

Aaaaaaaahhhh! gritam fininho as crianças em disparada, formiguinhas escapando do formigueiro recém-pisado.

*

Bom dia, Constança, é hora de acordar! Marcos trouxe pastel da feira. De pizza, seu favorito. Vamos, meu bem, é sábado. É o único dia em que Marcos não cisma de fazer a gente comer mamão no café da manhã. Vamos, Constança. É sábado, eu já disse, mas você não pode dormir até o meio-dia. Constança? Sai dessa cama, meu bem. Não? Por que não? O que foi que... Meu Deus, Constança, xixi na cama de novo? Todo dia é isso, agora? Você já é grandinha, meu bem... Não... não... Chora não, chora não, o pai não tá brabo com você, vem cá. Menina, cê tá pesada! Como? Morrendo? Você não tá morrendo só porque fez xixi na cama. Calma, calma. Ninguém aqui tá morrendo, de onde tirou essa ideia? Calminha... Isso, para de chorar e me conta. Mas que... Foi por isso que você deu aquele murro no Cauê? Por que não contou isso pra diretora? Caralh... O Cauê não sabe de nada, Constança! Não! Nem a mãe dele! Mas que... Marcos! Maaaarcos! Isso, me ajuda aqui com a roupa de cama.

Não tem problema, meu bem, primeiro você se acalma e depois vai pro banho, tá bom? Não faz mal, o pai tá aqui, depois eu coloco a minha camiseta pra lavar também. O colchão? Bota ali na sacada, no sol, faz favor. Ainda bem que tem sol hoje. Já te conto, Marcos, você não vai acreditar. Gente canalha! Fazer isso com uma criança... Escuta aqui, não vai chamar ninguém de canalha na escola, meu bem, o pai não quis dizer isso. Depois te conto, Marcos. Depois. Vai ter que lavar tudo, né? Putz... A pantera cor-de-rosa também? Puta que la merda digo eu! Não vou morrer agora, bebê, nem você. Não, você não é bebê, é uma mocinha, eu sei. Mas pro pai vai ser sempre bebê. Mesmo quando eu for bem velhinho, porque eu vou ficar bem velhinho, vou viver muuuuitos anos, até você enjoar de mim. Aquele menino não sabe de nada. De nada, tá ouvindo? Vamos procurar uma escolinha melhor pra você. Essa gente amarga deve ter um jiló podre no lugar do coração. É, Marcos, escola nova. Já-já te conto, deixa só ela entrar no banho.

*

— Boa tarde.

— Boa tarde.

— Boa tarde.

— Meu nome é Dulce Campos, psicóloga da escola. O senhor deve ser o pai da Constança?

— Sim. João Adler. E esse é Marcos Furtado.

— Na verdade eu preciso falar a sós com o Pai.

— Pode falar.

— O Pai, senhor João. Se o senhor Marcos puder esperar lá fora um minutinho, eu explico a situação da...

— Ele fica.

— Senhor João, sejamos razoáveis... Esse assunto eu tenho que tratar com o pai.

— Se ele não é o *pai*, então é o meu advogado. Ele fica.

— Muito bem.

— Constança me contou o que aconteceu aqui no outro dia.

— Sim. Ela arrancou um dente de outra criança, e isso é muito grave. Ela tem tido outros episódios de agressividade ultimamente?

— Agressividade?

— Sim?

— O menino disse que o pai da minha filha ia morrer de aids. Disse que ela ia morrer de aids. E que quem encostasse nela ia morrer de aids. E minha filha é que tem problemas com agressividade, senhora?

— Dulce. Senhorita.

— Senhorita... Constança voltou a fazer xixi na cama. Entra em pânico cada vez que um de nós tem que sair de casa porque ela acha que a gente vai morrer antes de voltar. Quer dormir na nossa cama toda noite...

— Ela dorme com vocês? Vocês dois?

— Eu preferia que ela estivesse dormindo na cama dela, mas...

— O senhor acha isso apropriado pra uma criança?

— Não, acho que ela devia estar dormindo na cama dela, no quarto dela, sem fazer xixi na cama.

— Pois se isso incomoda o senhor, devia refletir sobre os motivos para a menina estar assim, tão perturbada, senhor João. Acha mesmo que o ambiente da casa dos senhores é adequado pra uma criança?

— Como assim?

— O senhor me entendeu!

— A senhora...

— Senhorita.

— A senhorita acha que o problema somos nós?

— O senhor precisa entender que eu estou preocupada com o bem estar da criança. Veja bem... Constança não vive num ambiente doméstico apropriado, senhor João, e sabe-se lá que coisas a menina vê pra deixar ela assim tão agressiva... E fazendo xixi na cama, e... Talvez a falta de uma figura materna...

— Como a senhora acha que a gente vive?

— Perdão?

— Como a senhora acha que nós vivemos?

— Senhorita! E não... eu não sei dessas coisas! Não fico imaginando essas coisas, não, senhor...

— Se não imagina, por que acha que nosso *ambiente doméstico* é inapropriado? Já sei... É o pastel todo sábado de manhã que é inapropriado, Marcos. Vamos ter que cortar isso.

— Calma, João...

— Ou obrigar a menina a rezar antes de dormir, quem sabe? Senão um belo dia ela acorda toda vestida de preto, com uma faca na mão, dizendo que é satanista. Já pensou, Marcos?

— Calma, João...

— Senhores!

— Senhora?

— Senhorita! Eu não vou continuar essa reunião se os senhores continuarem debochando assim, em vez de lidarem com o problema de forma madura. Estão achando o quê? Que a vida é alguma brincadeira? Que cuidar de uma criança não é coisa séria? Vocês devem achar que a vida é uma festa, onde vocês fazem o que bem entendem!

*

— E você ainda me pede calma?

— A gente tem que ter cuidado, João! E se inventam de meter o Conselho Tutelar nessa história?

— Como se fosse a gente que...

— Pra eles, a gente está errado desde o início, João. Vamos trocar a Tancinha de escola, abafar a confusão e seguir com as nossas vidas.

— Não e não! Eles têm que entender o absurdo disso tudo! Não vou ficar quieto, encolhido, pedir desculpas, Marcos! Eu não te entendo. Juro que não te entendo! Você nunca foi covarde assim.

— Você acha que pode enfrentar essa gente toda e se safar porque você é branco, João!

*

— Constança? É você mesmo?

Tiro o nariz do meu livro. Não reconheço o homem. Nenhum dos dois.

— Desculpa, moço, mas...

— A gente estudou junto, lembra? Na terceira série. Sou eu, o Cauê.

Com todos os dentes na boca, como eu ia reconhecer? Talvez tenha que pedir o endereço do filho da puta... Sim, o endereço. Para mandar a conta do terapeuta.

— Agora eu me lembro...

— Você tá estudando aqui?

— Aham. Letras. E você?

— Ciências Sociais.

— Legal.

Legal foi o delírio em que eu vivi por semanas, achando que ia acordar um dia e descobrir que não tinha mais pais, que estava sozinha em casa e que ia morrer de fome. Até ficar do lado de fora da porta do banheiro, atenta a qualquer barulho — um baque no chão, um sufocamento — que viesse de dentro, e então Marcos *Eu não posso nem mais cagar em paz nessa casa? A gente tem que achar um terapeuta pra essa menina, João! E pra ontem!*

Tento voltar para o meu livro e fingir que Cauê não existe.

— Por que você saiu da escola?

Mas ele continua existindo.

— Meu pai achou melhor procurar outra escola pra mim.

— Espalharam um boato de que você tinha sido expulsa.

Mas que gente mais filha da...

— Não, eu não fui expulsa.

Tento voltar para o meu livro e fingir que aquela escola nunca existiu.

— É ela, Fernando. Daquela história que eu te contei... do soco, lembra? Eu mereci aquele soco! Ah, se mereci...

Mereceu? Como assim, *mereceu*? Um ponto de interrogação me faz erguer o rosto e procurar pelo rosto de Cauê.

— Ah... Constança... esse aqui é o Fernando. Fernando, Constança.

— Prazer.

— Prazer.

Reprimo o ponto de interrogação e tento voltar para o meu livro. Mas no meio do caminho de volta para o parágrafo suspenso, o ponto reprimido de interrogação retesa-se, transformado em ponto de exclamação.

Cauê existe, afinal. E segura a mão de Fernando.

TEMPO

Há uma espécie de sensualidade nos alimentos fermentados. Uma lascívia que só o tempo empresta, pensa ele enquanto saboreia a manhã. É sábado e tem o apartamento só para si. Podia dormir o resto do dia, podia ouvir os discos que quisesse, podia fumar o baseado escondido na gaveta do criado-mudo. Mas está listando em sua mente: pão, queijo, vinho, azeitona, iogurte, picles.

Homem e Filha estão longe, visitando parentes no interior, e só chegarão no fim da tarde. Avoluma-se sobre o peito o peso das sufocantes possibilidades que se debruçam sobre ele e cobram E então, o que vai fazer hoje? Sua indecisão se transforma em areia movediça e o prende ali.

É resgatado por Alphonsus, o gato, que pula na cama miando fino, lembrando-o de que alguém precisa limpar sua caixa de areia. Antes de Alphonsus chegar, eu era o único gato preto nessa casa, ele costuma gracejar, mas só o Homem ri. A Filha o olhou com certa pena.

— O que foi? Não me acha um gato, não?

— Mas você é velho. — justificou.

Trinta e três anos de idade, e uma criança já o chama de velho.

Mas é o tempo, justamente o tempo que tempera aquelas comidas e as torna especiais, não? O que dá magnetismo aos vampiros, senão os séculos que carregam? E a ele, o que lhe dá o tempo?

Alphonsus mia mais alto, sem paciência para filosofias.

— Você também me acha velho, não é, seu calhorda?

O gato pisca lentamente. Aquilo deve ser um Sim.

Fora do quarto, o apartamento vazio não parece maior. Dá a impressão de ter encolhido, isso sim. Como se ele estivesse sendo espreitado por ardilosas angústias escondidas atrás do sofá, das cortinas, da mesinha de telefone. Mas se ele fingir que elas não existem, talvez elas também finjam que ele não existe e desistam de atacá-lo. Decide tomar uma taça de vinho tinto e fumar um cigarro no café da manhã. Se o tempo o consome, também ele beberá o tempo. Olho por olho, sabe como é.

Depois volta para a cama. Cochila. Acorda ao meio-dia.

Velho e só.

Sente náusea. Quem mandou tomar vinho em jejum, idiota? Afunda o rosto nos lençóis e sente o cheiro quase apagado do Homem. Teve medo.

E se eles não voltarem nunca mais?

E se a viagem tiver sido um pretexto? E se ele ficar ali, esperando por dias, semanas, meses, até encontrarem o seu esqueleto descarnado coberto de trapos antigos, como os que aparecem naufragados com os navios piratas nos desenhos que a Filha assiste?

Você sabe que a Filha é dele, diz a mãe toda vez que ele a visita, *e que você não tem direito a nada se um dia ele se cansar.* Ela repetira tantas vezes que paulistas não são confiáveis, que agora o alerta é premonição, não mais ressentimento materno. Perguntou-se muitas vezes se ela não dizia aquilo porque o homem que a fecundou talvez fosse um paulista, o motivo que a fez descer a Serra da Mantiqueira e fixar-se em Guaratinguetá. Calcula se a mãe é uma daquelas videntes de olhos esbranquiçados a olhar para dentro das Verdades ou se é apenas uma mulher desconfiada, com cicatrizes e marcas de tempo que coçam quando a chuva está para chegar.

Mas dona Mariana é atenta e, ainda que disfarce, seus olhos brilham famintos como os dele. Ela também os quer, Genro e Neta, garantidos. *Prenda-os*, é como se ela lhe pedisse em silêncio. *Não podemos perdê-los.*

Mas você os teve alguma vez?, pergunta-lhe a máquina de escrever. Debochada, aquela *Hermes Media 3* que enfeita um dos nichos da estante de mogno da sala. Como pode ser séria uma máquina de escrever com as teclas daquele verde mentolado? Parecem feitas dos chicletes que a Filha empurrava para ele: *Esse eu não quero, gosto só dos de tutti-fruti. Mas pode me dar a figurinha, Baba.* A máquina bojuda de orgulho ri dele desde que entrou naquele apartamento. Ele e o Homem namoravam há poucos meses, na época. *Você é escritor?*, ele perguntou. O Homem negou. *Então de onde vem essa Hermes?* E o Homem fingiu surpresa desdenhosa, de quem não quer esticar o assunto: *Hermes? Que Hermes? Ah... Essa máquina? Foi presente de uma amiga.* Deu de ombros e lembrou que tinha que ir na padaria comprar cigarros. *Ara, e desde quando você fuma?* Ele disse que fumava de vez em quando. Saiu. Demorou a voltar. A máquina continuou ali, como uma terceira presença. Carregando tanto tempo quanto ele em suas curvas dos anos sessenta. Um lembrete de que o Homem tinha uma amiga que lhe dava presentes caros. Uma amiga à qual nunca fora apresentado. Uma amiga chamada Hermes, com a barba por fazer e pernas cabeludas. E suíças! Há de ter suíças na cara, a amiga. Seria bonita, Hermes? Mais do que ele? Cheirosa como chiclete de hortelã?

E um ano depois do aparecimento da máquina de escrever, um telefonema numa madrugada de sábado, daquelas em que o Homem e a Filha iam visitar os avós — como hoje — e o deixavam sozinho com seus discos e livros. Estranhou. Quem ligaria àquela hora? Para ele é que não era, pois tinha acabado de se mudar e sequer havia informado aos conhecidos o seu novo número de telefone. Atendeu sem dizer *alô*. Respiração do outro lado. E, dois segundos depois, uma voz hesitante, feminina: *Hermes?* Tremeu, sentindo um rugido mudo atravessar-lhe o corpo. *Não tem ninguém com esse nome aqui.* Ouviu um susto do outro lado, se é que é possível ouvir um susto: uma pausa sem ar, um espanto que se descola com imperceptível ruído do fundo da garganta. *Perdão... Liguei no número errado.* E por muito tempo ele buscou restos do cheiro de Hermes nos lençóis do Homem. Do misterioso Hermes que havia ocupado — sim-senhor! — aquele apartamento a ponto de repassar aquele número de telefone como se o seu dono fosse. Jurou, por anos, que às vezes lhe vinha, numa lufada de ar, o alucinatório perfume de Hermes; que sentia mesmo, em seus sonhos, o abraço de Hermes que lhe chegava por trás, e um corpo sem rosto que nele se aconchegava e dormia. Mas Hermes, demônio encarnado, esse ele nunca viu. E ainda deixou-lhe, como que para assombrá-lo, aquele ídolo de metal verde na sala de estar.

Não pode mais viver em terror, conclui. Decide, então, que Aqueles dois paulistas não vão me enganar! Pretende se imiscuir neles de tal forma que, se quiserem se livrar dele, terão que mutilar-se. Ele, ouro escondido nas entranhas dos santos do pau oco.

Porque o que ele carece, mesmo, é de ter posse. Ser dono inteiro.

Como fez a avó com ele, dona Clarice, que o alimentava com cafés em caneca esmaltada, bolos de fubá, biscoitos de polvilho, sequilhos e pães de queijo todas as tardes, naquela hora em que o céu é do azul mais calmo e profundo e onde as magias têm efeito mais permanente. Agora ele a carrega para todos os lados, ainda que ela não esteja mais sobre a terra. Conversa com ela, e ela responde de dentro dele. Sente mesmo a mão magra, enrugada, amaciando-lhe os cabelos. *Precisa cortar esse cabelo, menino.* E ele vai lá e corta. Sempre. Para que ela não se desagrade e continue lá dentro, respondendo sempre que precisa dela.

Pega a carteira e sai. Cai no sábado, dia de feira.

— E aquele queijo, Totonho, você tem ele aí?

Aquele, claro. O queijo. A mãe ensinou, lá atrás, que ele deve identificar os mineiros em seus exílios. Um deles sempre terá um queijo para repassar. Queijo de verdade, não essas coisas que os paulistas chamam de queijo. Totonho sorri, e ele sabe que terá o queijo.

O resto se arranja. O polvilho doce e o polvilho azedo (azedo de tempo, pois doçura é coisa da juventude), o leite, os ovos frescos. A banha é mais difícil. Tem que pegar um táxi até a Lapa, onde fica o armazém de outro mineiro da sua rede de contatos.

Às três da tarde ele analisa suas munições sobre a mesa, distribuídas em quatro sacolas de plástico. Eu também sou feiticeiro, vó. Sabe se esvaziar de cotidiano para se encher de uma ideia. Bombeia a ideia no peito. Deixa-a correr em suas veias, chegar aos seus membros, atravessar seus braços e irrigar suas mãos.

Leite, banha e sal borbulham na panela, *Travessia* ciranda na vitrola enquanto o queijo atravessa o ralador e se transmuta, de angulosa pedra, em chuva de gotas gordas e amarelas. O cheiro acre de tempo fermentado enche o apartamento.

O segredo é escaldar com calma, ensinou-lhe Clarice. *Não adianta jogar todo o leite fervente no polvilho de uma vez. O leite tem que conquistar o polvilho, aos poucos, que nem moço enamorado que quer casar com a moça. Uma concha de cada vez.*

E assim vai a moça se hidratando, intumescendo, se engomando. Concha a concha, enchendo a tigela da massa esbranquiçada e quase elástica. Tinge-a, por fim, de quentura, despejando o queijo e os três ovos de gema laranja-iridescente.

Enquanto o fogo aquece o forno estreito, estende a toalha nova sobre a mesa. Alisa-a reverente. Ali ofertará, como Clarice, seu corpo e seu sangue carregados de tempo.

Os pães de queijo, dourados e crespos como pequenos sóis, fumegam sobre a mesa ao lado da garrafa de vinho e do ki-suco de morango. O Cavalo de Tróia aguarda, silente, de olhos fechados e coração cheio. *Hermes* contempla-o triste e rotunda, diaba derrotada, encolhida nas sombras da estante feia.

MAR

— Mas olha só... você dorme igual Tancinha, sabia? Uma mão embrulhada na outra, aconchegadinha no pescoço.

Demoro a entender quem é aquele homem que sorri para mim. Estou no convés de uma caravela, cercada por azul, tudo é balanço e é azul e é náusea. A náusea é azul. O quarto tem paredes azuis. Três rostos rabiscados em chocolate sobre papel branco me olham curiosos. Chocolate, meu Deus, acho que vou...

— Aqui, querida... Coloca esse comprimido embaixo da língua pra ajudar a passar o enjoo.

Obedeço.

— Essa menina ouvia esse CD dos Tribalistas todo dia no ano passado. No começo eu até gostava, mas... afe, todo dia!

A tagarelice do homem me ancora. Fecho os olhos e me concentro. Começo a lembrar.

Estou no quarto de Constança. Constança, que nasceu de mim há dezessete anos. Formou-se magicamente em minha entranhas e foi virando, virando, virando pessoa inteira. Fora. Longe. Como ideia que vira palavra e vira capítulo e vira livro e vira leitor e vira oh!

— Deixa ela descansar, Marcos. — diz a voz de João atrás de mim.

Seguro a mão de Marcos, pedindo *Não* bem forte. A fome da minha mão na mão dele me deixa tonta. Toda a minha força se esvai naquela súplica.

Depois da cirurgia, João passou a me visitar todas as tardes. Argumentei que estava pagando a enfermeira para isso, mas João precisa encontrar defeitos para corrigir. Esse é o jeito dele de tomar conta, de sentir que é necessário. Deixei. Até que a campainha gritou. *O interfone não tocou antes... deve ser algum vizinho. Vou atender e já volto.* E de repente a voz de outro homem derramou-se na sala toda.

Como você me encontrou aqui?

Eu te segui.

Me seguiu? Está louco, Marcos?

Você some toda tarde. Você nunca fez isso.

E como subiu aqui?

Esperei o porteiro ir no banheiro. Eu te vi ontem na sacada, descobri o andar e... Cadê?

Cadê o seu amante?

Lá dentro?

LÁ DENTRO, É?

(A voz troveja no meu quarto)

UMA MULHER, JOÃO?

(Encontrou em mim, afinal, uma mulher? Quando mais pareço um menino doente, pálido, moribundo... Estou longe de ser uma mulher. Mulher é coisa que explode em vida.)

Tem filhos com ela também? O que é isso, agora? Família tradicional brasileira, é? Nunca pensei! Nunca pens...

Não é isso que você tá pensando, Marcos.

Claaaaro que não... nunca é, não é mesmo? Quem é ela?

(Oh, céus... Quem eu sou? Cubro a cabeça com o cobertor. Não quero saber quem eu sou.)

E olha só como a danada se exauriu... Nem pra se erguer da cama! Pra ela você tem energia, né, João! Comigo são — o quê, agora? — duas trepadinhas por mês e olhe lá!

(O riso me escapa, comprido, fazendo-me cócegas por dentro. O riso bate no silêncio turvo, denso, confuso.)

O que é isso?

Isso o quê?

Essa risada. Parece a Tanci... Estou alucinando, João. Olha só o que você faz comigo!

Fala baixo, Marcos, ela está doente! Não vê? ...

Oh!

(vai morrendo num sussurro)

O que ela tem?

(Câncer, eu digo antes de João, do fundo da minha caverna de cobertor de lã roxa.)

[silêncio]

O nome dela é Esther, Marcos.

Esther? Igual a...? É parente sua, é? Por que nunca me falou dela?

Ela é A Esther.

Como assim?

A Esther.

A.

Esther.

[silêncio]

Como assim?

A mãe da...

Puta que la merda! Ela não morreu?

Não, Marcos.

[silêncio]

Não tô entendendo.

Ela aban...

(Não, João, essa palavra, não!)

... Saiu de casa no meio da noite...

... E ainda teve a bebê que não sobreviveu, eu te contei...

... Depressão pós-parto...

... depois que os pais dela...

... acidente de avião, aquele da Vasp, lembra?...

... Os dois, de uma vez...

... Surtou, enfim...

... Puff!...

... Sumiu no mundo...

... Mandou certidão de óbito pelos correios e tudo...

... Falsa, claro...

... Nova identidade e o escambau...

[silêncio]

Terei morrido, soterrada pelas palavras de João? Tento me iludir, imóvel: se eu me mexer, saberei que ainda estou viva, que tenho um corpo. Um corpo de pêlos ralos, renascendo tímidos. Só não nascem de novo os meus seios. Esses se foram, agora para sempre, deixando duas riscas vermelhas costuradas com linha preta, como duas bocas melancólicas, caladas, desenganadas. *Meu Deus, pobrezinha...* A voz chega pertinho, pertinho. *Ela não tem mais ninguém, João? Não, não tem. A enfermeira, tenho a enfermeira! Meu Deus, meu Deus... A gente não pode deixar ela aqui. O que você está sugerindo, Marcos? Ela vai lá pra casa, João. O quê? Ela vai lá pra casa, está decidido. Tancinha não volta do intercâmbio até setembro. Ela fica no quarto da Tancinha. E eu vou cuidar dela. Estou de férias, não estou? Você vai com a gente, Esther. Não... não reclame, que eu nem vou te dar ouvidos. Cuidei da minha mãe quando ela ficou doente, eu entendo dessas coisas. Vou cozinhar pra você. Vou te deixar forte de novo. Vou cuidar de você.*

Aceitei a doença como criminoso que assume a culpa. Tão justo que eu, que recusei a maternidade, tivesse que que devolver meus seios inúteis e ingratos a Deus. Como Santa Águeda, oferecendo-os numa bandeja, *aqui estão, meu Senhor.* Olhos voltados para cima, desculposos, cristãos. Mas não sou perfeita. Sou egoísta, gosto de amor. Pérfida, ruim, judia. E, ainda assim, Marcos diz que vai cuidar de mim. Aconchego-me nele, órfã necessitada.

— Como eu não tive pai, acho que só sei mesmo ser mãe. — justifica-se ele em algum momento. — Não... avó, na verdade. Nasci pra ser avó. Gosto desse cuidar untuoso que é cuidado de vó.

Esmera-se, Marcos, em me fazer menina. Traz sopinhas, caldinhos, *olha o aviãozinho!* Há muito tempo sou velha, seca, solitária. O câncer encontrou no meu corpo de trinta e oito anos uma alma de oitenta. Instalou-se fácil, sentiu-se em casa. Marcos me oferece uma infância adocicada e morna. Aprendo, com ele, a ser neta pela primeira vez. E gosto tanto que vou me fazendo forte, lutando para manter em meu estômago os delicados e calóricos consommés, suflês, chocolates quentes, mingaus. Densos líquidos e cremes. Ganho força bastante para me manter acordada por mais tempo e começo a tatear o mundo de *Tancinha*: paredes cobertas de pôsteres, fotos com outras crianças da idade dela, um mapa-múndi com adesivos dourados sobre os lugares que ela quer conhecer, uma estante de livros, outra de CDs, um aparelhinho de som portátil, o computador branco sobre a escrivaninha, três ursos de pelúcia num canto do quarto. E o cheiro... O cheiro de cria. Curo-me envolta do cheiro de Constança, suave e persistente mesmo na roupa de cama lavada e relavada. O cheiro que eu senti naquela cabeça tão frágil e pequena. Ela no meu colo, alimentando-se de mim. E hoje alimento-me dela em seu colo de colchões e travesseiros e edredons azuis, bebê que sou mais uma vez com minha cabeça coberta de fina penugem alaranjada, peitos lisos e infantis, dormindo vinte horas por dia em posição fetal. Uma frase alienígena me inunda, suavezinha, vinda não sei de onde: *Era escuro na barriga da minha mãe, e era bom e quentinho.* Aceito-a, e nela me aninho.

E assim, miudamente agasalhada em Constança, minha respiração se torna cada vez mais inteiriça. Mergulhada em azul, sou gestada. A pele opaca e fina vai se enchendo de sangue bombeado. Tum-tum. Tum-tum. A carne se espessa lentamente. Nasce um novo corpo. Corpo ferido, mas corpo meu. Um corpo que pede a minha posse, que pede para existir e pisar descalço sobre a terra. E uma coisa ousada, quase egoísta, atiça-me. Uma vontade, uma ânsia, e há quanto tempo a Ânsia me é interdita? Começo a amar. Ah, mar... Apontar-me para o Outro, esse Outro que ainda desconheço e que habita o Lá Fora. Pois amar é ter o corpo vivo, esfaimado, os avessos frementes. Não mais um vulto. Tenho agora mais do que coragem: tenho valentia — que é a coragem cheia de nobreza — tenho a valentia de ter um Corpo. Amo e respiro. Amo e cresço. Estou prestes a nascer.

— E qual é o seu nome agora, meu bem? — Marcos me pergunta um dia, depois de me ajudar a vestir o pijama.

— Olímpia. Olímpia Vieira.

Franze a testa, incrédulo.

— A Olímpia Vieira? A Escritora Misteriosa que ninguém nunca viu a cara? Não... Eu não acredito em você.

Ora! Ofendo-me, e percebo-me subitamente feliz por me ofender. Pois o ofender-se exige alguma potência, e já a encontro suficiente em mim.

— Pergunte a João! Ele cuida dos meus contratos!

João brota no quarto ao ouvir seu nome.

— O que tem eu?

— Diga a ele, João... Diga a ele que você cuida das finanças e contratos de Olímpia Vieira!

— É verdade. — confirma ele, sereno, a um Marcos ultrajado.

— O que mais vocês escondem de mim nessa casa? Então Constança é filha Da Olímpia Vieira, você é o agente literário Da Olímpia Vieira e nunca ninguém me contou? O que mais vou descobrir? Que Tancinha não está fazendo intercâmbio, mas numa tournée mundial com o Balé Kirov?

João dá de ombros.

— Vai saber... — e sai do quarto.

Marcos pega minhas mãos e me fita, desamparado.

— Tancinha e eu lemos todos os seus livros. Ela, mais de uma vez. Tem todos eles grifados, anotados, estraçalhados de tanto manuseio.

— Mesmo?

— Até *O Miolo Cru do Silêncio*. Esse eu confesso que achei muito doido... Não, doido, não. Desculpa. Hermético, que se fala, né?

— Ninguém gosta d*O Miolo Cru do Silêncio*.

— Só Tancinha. É o favorito dela.

Então renasço em profusão. Renasço com toda a dor de um nascimento. Como taça que transborda, renasço, e a vida se esparrama e faz sujeira. Meu choro é feio, soluçante, vermelho. Ele me abraça. Mancho-lhe a camisa de lágrimas, saliva, catarro, despejando-me toda. Esparramo-me pelo quarto inteiro, líquida e invasora. Era tão mais confortável o meu túmulo, a minha morte longa e solitária ocupando apenas um apartamento vazio, perdida em palavras e criações etéreas materializadas em papel e tinta. O que serei daqui em diante? Não sei mais o que fazer com tanta vida incontinente.

— Aliás... você podia escrever um conto sobre mim um dia, não podia? Meu sonho é virar personagem de conto. — ele responde, sem saber que me responde.

E meu peito magro e esvaziado agora tem espaço para o riso. Rio, meus líquidos correndo agora num curso calmo e arcádico. Marulhar seguro, sabedor de suas veredas. Fertilizando margens, atraindo agrupamentos, nutrindo aldeias e cidades que se formam ao redor.

— Até um livro inteiro, Marcos.

— Mas me faça bem bonito, está bem? Comece assim... contando que eu sou um homem belo e misterioso que você conheceu numa livraria numa tarde de sexta-feira.

— Que Eu conheci?

— Você, não. O Narrador, eu quero dizer. Um narrador chamado... Caio.

PAPEL

— Vou dar um jeito na cara amarrada daquela mulher. — ele disse.

Sempre confiei nos arroubos de Marcos, mas desta vez tentei dissuadi-lo.

— Tem certeza? Maricota odeia todo mundo. Deixa ela lá no canto dela, deixa.

Mas ele teimou. Minha mão no braço dele já não devia ter mais a quentura que o fazia desistir de avançar para longe de mim. Foi lá, cutucar quem não devia.

— Deixa comigo, João.

A sogra de Constança nem estava de cara amarrada. Antes fosse. A cara era de triunfo, de desprezo por todos nós, uma vingança pela perda do filho. E mais.

Quando Constança e Augusto marcaram a data do casamento, sabiam que seria no mesmo dia do segundo turno das eleições presidenciais. *Vai ser no fim da tarde. Quem quiser pode votar antes, ué.* Acreditávamos, àquela altura, que Não Era Possível Que Chegaríamos Àquele Ponto. Pois bem. Até Constança foi votar pela manhã, antes iniciar sua transformação em noiva.

Mas a noite avançava, e o candidato de dona Cotinha também. Marcos inclinou-se, cavalheiro, oferecendo a mão à mulher enrijecida pela sobreposição de seus escudos e espinhos. Não entendia, ela, que aquela era uma oportunidade rara em sua vida escura de harpia, para sempre amargada pelo divórcio que ela não aceitava mesmo depois de passados quase ... vinte anos?

(Constança havia me contado que ouvia os resmungos pelos cantos. Resmungos que Maricota não fazia questão alguma de disfarçar, pois queria mesmo ser ouvida. Não aceitava aquele casamento do filho com a *moça criada por dois homens... Não, Augusto, não me venha dizer que eles são os pais dela, porque não são. Uma pessoa tem um pai e uma mãe, isso é ciência, já que você gosta tanto de vir com essa conversa de ciência pra cima de mim. Imagine... meus futuros netos vão ter três avôs, então? E um deles, ainda por cima... não que eu seja racista, tenho até uma amiga preta, a Soninha, lembra dela? Mas vai confundir a criança, isso de ter um avô que não se parece com ela. Não Augusto, eu não aceito. É por isso que o mundo está assim, se acabando. Uma verdadeira Sodoma e Gomorra, isso sim. As famílias se desfazendo, terremotos, furacões, é a fúria de Deus! Já não basta o seu pai ter largado mão das obrigações dele? Largou, sim, Augusto, não venha defender aquele canalha! Ele é católico apostólico romano como eu, e nos casamos na igreja, e o padre disse Até-que-a-morte-os-separe! Mas não... O filho da mãe ainda arrumou uma amante judia. Que isso o quê, Augusto! Vocês adoram dizer que as coisas não são o que elas são. É amante, sim, porque aos olhos de Deus ele ainda está casado comigo. Que papel de cartório o quê... Lei dos Homens, isso não me atinge. Foi seu pai que botou essas ideias comunistas na sua cabeça? Aquele carcamano metido a intelectual... só porque trabalha numa editora! Ele acha que é mais inteligente do que eu, é?* Constança imitava a voz espasmódica da mulher, como se com aquele deboche pudesse exorcizar a névoa azeda que se desprendia daquela boca. *Não deve ter a cabeça no lugar, Aquela Ali, Augusto.* (Aquela Ali era Constança) *Depois não vá dizer que eu não avisei).*

Eu acompanhava os movimentos de Marcos. Acompanhava-o também, do outro lado do salão de festas, o próprio Augusto, tenso. Não deu outra. A recusa, o dar de ombros compreensivo de Marcos, o esgar enojado dos cantos da boca da mulher, a retirada, o suspiro inconformado. *Onde já se viu*, ela parecia dizer com aquele meneio da cabeça enquanto acompanhava as costas de Marcos, que se retirava, *Que ousadia a desse homem!*

Foi quando Augusto o interceptou no meio do caminho.

(Conheci Augusto Vaz quando ele mal saía da adolescência, meu aluno na Faculdade de Direito. Já tinha esse ar atrevido de quem se sabe feio e tenta compensar com simpatia. Não que fosse feio, coitado. Só teve o azar de ter um irmão gêmeo que era o seu avesso, um daqueles casos de bivitelinos que mereciam estampar um desses posts de internet com listas de curiosidades e propagandas ardilosas. Por muitos anos o irmão ilustrou anúncios das cuecas *Eagle* em revistas e outdoors. Augusto retornou adulto, cabelos mais ralos, olhos mais cansados, para que eu orientasse sua tese de doutorado em Direito Tributário. [Enteado de Olímpia {Vaz}. Tive receio daquelas linhas se cruzando, mas ela me garantiu que o *menino é um bom rapaz, não o recuse, homem*. O que Olímpia me pedia, depois de tantos anos, era ainda ordem. Seria eu igual a dona Cotinha, também amarrado a um casamento que devia ter acabado há mais de trinta anos?] Convidei-o para vir em casa num sábado mesmo, para passarmos alguns pontos da tese a limpo [Olímpia aprovaria a minha disponibilidade]. Ele encontrou Constança na cozinha, quando foi pegar café. Saíram, mais tarde, os dois para a rua, cada um com um destino: ele para casa dele, ela para uma livraria. Mas no meio do caminho decidiram que ela precisava mais da casa dele do que de livros novos).

Detestava aquela mulher. Podia ter pena, afinal a coitada se chamava Maricota. Maricota!

([Olímpia nem foi ao casamento. Maricota não continha o tom de voz perto dela. *Ainda trouxe a amante, veja só. Despeitada, ainda por cima*]).

Mas enquanto eu preparava um Eu Avisei para Marcos, o salão foi assaltado pela rajada de notas do *Descobridor dos*

Sete Mares. E Augusto, encorajado por três copos de negroni e pela certeza de que um noivo em fim de festa tinha o direito de ser ridículo como bem quisesse, convocou o sogro — Sim, dona Cotinha, sogro! — a dançar com ele.

Dançar, não. Como disse, ele havia se esmerado por anos em ser mais simpático do que feio e, consequentemente, Augusto não dançava. Brotava algum espírito de Baryshnikov no corpo de Augusto cujo talento havia sido soterrado na Secretaria da Fazenda do Estado de São Paulo. (Como naquele filme... qual era mesmo o nome? Aquele em que o bailarino russo, exilado nos Estados Unidos, vai parar sem querer na União Soviética e precisa escapar da KGB. [Fui com Olímpia ao cinema. O filme começava com uma longa cena de balé, *Le Jeune Homme et la Mort*. {O homem tinha o torso nu e musculoso, tão branco, tão exato e forte, que me soprou suspeitos formigamentos no corpo}. Ela estremecia pela *Mort*, eu pelo *Jeune Homme*]). Marcos não ficava atrás. Trançava passos, girava, gingava e batia palmas aqui e ali, seguro de que sua coluna estava firmemente sustentada pelos músculos de vinte anos de idade. Como podia? Ele sequer bufava de exaustão, pois o sorriso estava lá, largo, por vezes resvalando em riso sincopado. E então... Senhor! (Eu devia ter pena — Maricota! — mas me deu vontade de de rir, Deus que me perdoe). A cabeça de dona Cotinha, aonde foi parar a cabeça de dona Cotinha? Porque a mulher, vendo aquele espetáculo, petrificou-se em estátua de sal. E os olhos esbugalharam-se tanto que ganharam, súbito, um peso que o pescoço não sustentou, rachando-se. PLOFT! Como a cabeça era dura demais, não se espatifou no chão, mas veio rolando, rolando pelo salão até bater na ponta do meu sapato direito. Olhei para baixo. Olhava-me boquiaberta, aquela cabeça de olhos esbranquiçados e sem vida, língua embolada na boca arreganhada, tal qual medusa de gesso. Chutei-a, discretamente, para um canto escuro do salão.

(Perdoem-me as liberdades poéticas. É que minha mente anda um pouco descontrolada essa noite. Foram um negroni, um martini e um manhattan? O martini vem com uma azeitona e o manhattan vem com a cereja? Ou é o contrário?)

Tim Maia se calou e, no segundo em branco entre o fim do show e a reação, brotaram as palmas agudas e a gargalhada estrondosa de Caetano Vaz. Seguiu-o uma onda de palmas, marulhando como uma enxurrada de cascalhos.

E Constança (Adler ainda, Augusto dizia que gostava dela assim, Adler. Vai entender.), de branco, também boquiaberta ao meu lado, mas uma surpresa sorridente e fascinada pela energia que se desprendia do corpo ofegante de Augusto. Cutucou-me para provocar, a abusada, *Cuida dessa pancinha que está começando a crescer, porque o teu marido ainda dá um caldo e anda bem mais animado que você, seu João!*

Um-caldo-e-tanto. E eu tão velho, caldo ralo, água de salsicha. Acrescentando à nossa vida em comum um verniz de almoço sempre às 12 horas, paninhos de crochê sobre as poltronas empoeiradas e chazinhos para as articulações. Sinto-me tão, tão... Já espero o dia em que ele vai me olhar e dizer *Paola Carosella me deu mole: adeus, João,* porque ele não tem mais que perder tempo com um velho como eu.

Cinquenta e oito anos.

Não sei se foi a consciência da minha decrepitude precoce ou se foi o resultado das eleições. Quando voltamos para casa, pelas ruas ainda havia gente barulhenta a comemorar, bêbados enrolados em bandeiras do Brasil. E eu sinto agora, nesse elevador sufocante, um cansaço tão entranhado que parece ter nascido comigo. Um cansaço que até... fede?

De onde vem esse bodum, Senhor!

— Que vergonha... dois velhos dormindo de conchinha.

O homem mora no prédio há uns dez anos, mas pela primeira vez atira flechas. A camisa verde e amarela se estira em sofrimento, esgarçada pela barriga saliente.

Suspiro, conformado. Inspiro esperando que, ao expirar, consiga empurrar minha alma do corpo e sair daquele elevador, ao menos em espírito. Mais de trinta anos tentando ficar quase transparente ao lado de Marcos para não *assustar os corações sensíveis*. Pedindo desculpas, baixando os olhos. Chamando-o sempre de *Marcos* para nunca soltar um *meu bem* fora de casa. A dor que mora nas minhas costas vem desse encolhimento crônico.

Marcos não parece sentir qualquer derrota. Talvez tenha preparo físico melhor do que o meu, coração mais fibroso, músculos fortes a sustentar-lhe a coluna ereta. Começa a rir para si, cabeça baixa, mas o riso vai aumentando, aumentando, até ocupar todo o elevador.

— Quem dera... Quem dera eu ainda tivesse coluna boa pra dormir de conchinha com o João!

A porta se abre e o velho sai rosnando, sem olhar para trás, deixando um rastro de ânsia feia e sem nome. Ânsia por coisas mortas e putrefatas.

A porta do elevador se fecha. Marcos não consegue parar de rir.

— Imagina isso... Imagina, homem! De conchinha... Minha coluna trava, a sua coluna trava, a gente nunca mais sai da cama!

O riso estaca, em susto. A porta do elevador se abre.

— A gente pode até morrer assim, se não tiver um telefone por perto. Meu Deus! Já pensou?

A porta de casa nos espera, estreita e fria. O apartamento que, a partir de hoje, recolherá dois velhos solitários e seus frascos infindáveis de remédios, gemidos de dor, reclamações, o som da TV, *E se a gente comprar esse cogumelo do sol, João?*, a expectativa pelos netos, deixando o ar viscoso de tanta angústia.

Marcos gira a chave. O apartamento já cheira a velhice. A minha. Porque ele tem cinquenta e quatro anos, ah, tão fresco! Bonito. Acho que ele nunca foi tão bonito quanto agora.

Não envelhece, diacho. Só alguns rastros de cabelo brancos. Ainda deu pra correr: treina todos os dias para a próxima São Silvestre. A mente também é mais remoçada que a minha. Vive grudado no celular, assiste todos os vídeos da Rita Lobo. E vive dizendo que Paola Carosella é uma deusa (*Uma Deusa feita de lucidez, mãos mágicas e pele moreno-azeitonada, João! Se ela me der mole, você tá é perdido*).

Enquanto eu... Já sei qual é a coluna que vai travar quando a gente tentar dormir de conchinha. Essa história de que morreríamos sem telefone... o filho da mãe está só disfarçando. Está rindo mesmo é da minha cara, porque só eu vou ficar lá, travado.

(*Na próxima vida eu quero reencarnar Vaz*, disse outro dia, enquanto grelhava o peito de frango na frigideira. Pensei não ter escutado bem, sabe como é, tão alto esse chiado de óleo quente esmagado pela carne crua... *Vaz?* Ele confirmou. *Isso. Vaz. Por quê, caralho? Ara... Caetano Vaz tirou Olímpia da toca e capturou a mulher em dois tempos. Caetano é bonitão, vá lá, dá até pra entender.* [Caetano, que se casou com a mulher que me virou as costas e saiu de casa. Caetano, que prendeu a mulher que eu não consegui prender. {Ela alucinava quando foi embora. Ela alucinava e achava mesmo que um avião cairia na cabeça de nós todos — ela, eu e Constança — e preferiu ir embora, para que o avião caísse só na cabeça dela. E pensou, ainda, que se o avião se convencesse de que ela também estava morta, também ela escaparia.} Não porque me doa, hoje, a fuga dela, mas porque o medo de que Marcos faça o mesmo é um fantasma gelado que vez ou outra me roça a pele]. *Mas Augusto? Com aquela carinha desenxabida... Então deve ter coisa a mais por trás desse encantamento todo, e como eu queria ser assim, cheio dos encantamentos misteriosos!* E onde você vai enfiar mais encantamentos do que os que já tem, Marcos? Pra que tanto encantamento? Pra me deixar? Pra me trocar por uma cozinheira bonitona com palavras mais interessantes do que as minhas, uma mulher menos insossa, menos tributarista-pensando-em-aposentadoria? [Você também sente saudade de apertar uns peitos cheios como eu tenho às vezes, Marcos? Só apertar, sabe? Encher as mãos. Deve ser lembrança da primeira infância, isso, algum resto de fome de recém-nascido. {Uma vez tentei fazer isso com Olímpia — era tristeza misturada com chá, e naquele dia eu fui botando whisky no chá: uma, duas, três xícaras — e ela se assustou, *O que é isso, homem!*, mas a mão se assustou com aquilo que sentiu e que não devia estar ali. *Um nó, Olímpia... É um nó, isso aqui? Sente... é sério, sente aqui!* E era um nódulo, cacete. E os peitos viraram lixo hospitalar pouco depois, ó Céus, que desperdício!}])

— João, eu quero falar com você.

É agora! *Adeus, João. Paola Carosella me deu m...*

— Mas está tão tarde, Marcos...

Tento adiar por mais uma noite. Agora, sem Constança para nos mediar, o que me resta para segurá-lo? (Partirá como Olímpia, no meio da noite? Eu também quero, na próxima encarnação, nascer Vaz. Se não puder segurar os Meus, ao menos saberei roubar os Dos-Outros.)

— Bobagem. Eu quero falar agora.

Quando ele veio com essas coisas de querer falar, tenho até medo. Porque ele, quando quer falar, Fala. (Como naquela conversa sobre ser Vaz na próxima encarnação. *Pois eu quero ser um Vaz e nascer com essa Pica de Ouro que eles devem ter.* Tive que protestar: *Marcos!* Eu lá quero que me invada a imaginação a tal da Pica de Ouro, troféu imponente, três vezes o meu tamanho?)

Pega a minha mão e me conduz até a sacada, onde nos sentamos nas cadeiras de ferro pintadas de branco, tingidas de ferrugem acobreada nas pernas. Mantém a minha mão na dele. *Que vergonha... dois velhos de mãos dadas*, quase ouço o velho do elevador dizer. Eu, quando vejo uma mão na minha, abandono-me. Caio em manso langor ao ser levado com jeitinho. Vou, agradecido. Descanso da minha tola teimosia, da minha mania de apontar tudo o que deve ser consertado no mundo. Fluo em livre correnteza. (Foi Olímpia que um dia me explicou, numa daquelas conversas que tínhamos entre intermináveis xícaras de chás: *Você gosta de ser conduzido, Hermes.* [Ela me chama de Hermes. {É um acordo nosso.} É um jeito de nos tolerarmos. Ela também não se chama Olímpia de verdade, mas esse não é um nome escolhido para que eu a tolere. É ela que teve que aprender a tolerar a si mesma.] *É só a gente pegar na sua mão que você vem, simples assim. Facinho. Um menino, praticamente. Menino que tem fantasias com a governanta*). E as mãos de Marcos às vezes — não agora, mas às vezes — têm um perfume bom de tomilho e de alecrim.

— Fala, Marcos.

O ar da noite ainda se afina, preparando-se para a madrugada. Uma buzina ao longe, outra ambulância, o trinado agressivo de uma moto... O mesmo apartamento que os pais de Olímpia nos deram. Encardido, encolhido, a cidade crescendo barulhenta ao redor... e agora vazio. Velho.

— Quero casar, João.

Céus! Tão bruto! (Talvez fosse melhor que ele me deixasse como Olímpia me deixou, no meio da noite, Sexta-feira da Paixão, levando a máquina de escrever, a roupa do corpo e uns papéis. E que nada dissesse. Olímpia, ao menos, foi gentil.)

— Com quem? — pergunto, já sentindo as primeiras dores.

— Ara... — brota o moço de Guaratinguetá, subitamente. Ele sempre deixa escapar um *Ara* quando enrubesce. — Com você, claro!

A dor explode aguda e se dissolve no ar, surpresa.

— Mas a gente já é casado, Marcos.

— Não de papel passado!

Não.

— Mas a gente tá junto há mais de trinta anos, Marcos.

— Mas há trinta anos a gente não podia casar. Agora a gente pode.

Olho para ele, cenho enrugado em interrogação. Ele se encolhe, atingido pela recusa que ele mesmo imaginou.

— Você não quer casar comigo, João?

Mas ele é tão bonito, mais novo, tão Mais do que eu... Ele quer mesmo se casar com um velho? Um velho que ele atura há trinta anos, que reclama de dores o tempo todo porque não quer acompanhá-lo na academia, que nem tem mais Constança para que ele exerça seus caprichos cuidadores.

— Eu sou só um velho resmungão, Marcos...

Não acredito. Não, não, não! Estou tão cansado... Nem tenho mais coluna para dormir de conchinha. Tenho uma filha velha, que diz *fulano ainda dá um caldo*.

— Tu é um velho, mesmo!

Opa!

— Um puta dum velho ranzinza! E preguiçoso, benza Deus! Nem sei como essa barriga não é maior... é porque você é alto feito o Tinhoso e precisa de muita caloria pra alimentar essa altura toda, mas... Bom... vou ficar quieto!

— Agora fala!

— Preguiçoso pra outras coisas também, né?

(Agora vai dizer que seu eu tivesse a Pica de Ouro de Caetano, Olímpia não teria ido embora! [Olha... talvez não. Talvez nem seja questão de tamanho, mas de Verdade. Olímpia foi muito bem servida — julgo eu — naquela noite, aquela depois do filme do bailarino russo. Mas talvez tenha pressentido eu apontava para um desejo que estava fora daquela cama]).

— Marcos! A vizinhança...

— Quem me dera a gente fizesse barulho a ponto de incomodar a vizinhança! Mas não...

— Meu Deus, Marcos!

E eu, pobre de mim, velho e cansado. Vai se casar comigo por compaixão. Vai me fazer mingauzinhos, preparar-me escalda-pés. *Faz essa palavrinha-cruzada aqui, meu bem, dizem que é bom pra evitar o alzáimer...* E eu, Pica Triste e Suspirosa a dar sermonetes pelos cantos do apartamento: *Porque no meu tempo...*

— Tudo bem, tudo bem. Já são trinta e tantos anos, eu sei. A gente já passou dessa fase. Mas ainda assim eu quero casar. E no cartório, tá ouvindo? Com nome trocado e tudo. Nós dois, hein, seu João! João Adler Furtado. Marcos Adler Furtado.

Afaga-me com suas ordens. Obedeço por dentro, feliz e orgulhoso, como cachorro invocado pelo dono. Mas ensaio alguma resistência por fora pra disfarçar minha pronta submissão:

— E por que não João Furtado Adler e Marcos Furtado Adler?

— Furtaduadler... Nãaaao... Soa mal.

Estou rendido, como sempre. Quando Marcos decide, minhas vontades e protestos são logo diluídos. Minhas resistências, nos primeiros anos, vinham da minha ignorância. Não compreendia ainda que Marcos me havia escolhido desde o instante em que nos vimos, numa aula noturna da faculdade, e que eu já não tinha saída. Aliou-se a Constança desde o início, político que era: acompanhou as lições de casa, viciou-a em seus pães de queijo e minestrones e feijões com arroz, tornou-se o contador oficial de histórias antes de dormir. Quando me dei conta, Marcos governava a casa, governava-nos (*os dois galegos*), governava o calendário que passou a ter feriados em dobro, os judaicos e os cristãos. Como mar que invade, pouco a pouco, o litoral. E como devem ter derretido calotas polares nos últimos trinta anos! Pois o mar tomou-nos todos.

(Mas ainda assim tenho um pequeno submarino. Sob camadas e camadas de águas em crescentes pressões. Nem Marcos, nem Constança entram ali. [Olímpia e eu tomamos chá de três em três meses, até hoje. Seu antigo apartamento transformou-se em santuário, e nem Caetano a importuna ali. Seus armários acumulam os mais coloridos cacarecos, jogos de chá completos e incompletos. {Há coisas que só nós alcançamos um no outro, fossas abissais onde a luz jamais tocou} E ela me disse que *Isso tudo vai passar, Hermes, você vai ver. Que pieguice é essa, Olímpia? Você nunca foi disso. A verdade às vezes é piegas mesmo.*] Submarino com paredes reforçadas de parênteses, colchetes e chaves).

— Além do mais, os ventos sopram estranhos, ultimamente. É melhor não deixar as coisas no ar. É melhor botar as coisas no papel, pra garantir. E um peso em cima do papel, pro vento não levar.

O apartamento está cada vez mais vazio de gente e cheio de palavras. Tenho a impressão de que os anos passam e vamos acumulando palavras dentro da gente. Gavetas e gavetas com letrinhas esquecidas. Sobrepondo-se em entulhos, camadas de fontes tipográficas dos mais diversos tipos, algumas brilham, a tinta logo se esgotando de tanto uso. Outras juntam nos escuros das frinchas uma ferrugem pegajosa de cheiro metálico e frio. Eu, quando era novo ([{quando brincava no corpo de Olímpia achando que o gostar daquele contato era amor}]) tinha a cabeça mais vazia de palavras. Muitas delas compridas e secas, jurídicas. As palavras úmidas vieram depois, cada vez mais curtas, ininteligíveis: grunhidos, muxoxos, gemidos, suspiros: porções de consoantes sobrepostas. (Olímpia se exasperava com meu vocabulário vazio no início. Acho que ela engoliu de mim o me restava em nosso primeiro beijo. Ruminou o pouco que eu tinha e transformou-as, máquina de escrever que sempre fora. Esperava mais de mim, eu sei. Quando eu a encarava, abobalhado, e ela soltava um *Porra, João*, eu tentava compensar de alguma forma minha falta de Tudo com um afago, um beijo [Foi assim que eu a pedi em casamento]. Nunca desistiu, no entanto, de plantar em mim a capacidade de brincar com as palavras [Ela dizia que o mundo é do tamanho do nosso vocabulário], e acho que conseguiu com um dos seus truques de bruxa: presenteou-me com aquela Hermes Media 3 que está até hoje na estante, máquina de escrever decorativa. [Ao menos parece decorativa. Eu sei que ali tem mandinga braba, que as teclas verdes são encantadas, mas não conto a ninguém]. Depois disso, curei-me. Ou adoeci, sei lá, porque as palavras até saem, mas às vezes saem erradas. Marcos, em vez de soltar um *Porra, João,* diz um *Caralho, Homem!*, mas de vez em quando simplesmente me dá as costas e vai embora. Às vezes queria ter de novo a cabeça vazia como tinha antes. Se a tivesse, não estaria aqui nesse parágrafo falando sobre palavras e máquinas de escrever. {Mas estaria *vivendo o presente,* como gostam de dizer hoje em dia que é o *supra sumo* da iluminação. Hoje em dia ainda se diz *supra sumo?* Ou agora é *suprassumo?*} Estaria atento ao que acontece hoje, Agora, nesta noite em que Marcos diz que quer viver mais trinta e tantos anos comigo]. Mas, ah!, mais uma vez estou cheio de palavras aqui dentro, mas elas se represam antes de chegar à minha boca. E Marcos me olha com a mesma impaciência com que Olímpia me olhava, esperando que eu Fale alguma coisa, Homem!

A coluna se empertiga. Tenho quase cinquenta e seis anos, agora.

— Marcos Adler Furtado… — experimento em minha boca aquele nome. Sim. É melhor mesmo tipografar um no outro alguma marca, papel passado e tudo, porque o homem ainda dá *um caldo.* O homem com quem eu durmo de conchinha há trinta e…

Não. Minto mais uma vez. Foram cinco anos dormindo de conchinha, no máximo. Depois disso, a coluna foi pras Cucuias, terceiro retorno depois da entrada para o Beleléu. Talvez seja hora de ir mesmo para a academia, como ele insiste. Afinal, preciso de uma nova coluna para voltar a dormir de conchinha sem parar no hospital.

O som esparso de dois rojões violenta a madrugada. Mas a madrugada é maior do que os rojões.

CÓCEGAS

O silenciamento súbito do ar-condicionado me desperta. Clarice cochila torta no sofá, escorada em João, que segura o kindle em uma mão e com a outra afaga os cabelos da menina. Seguro-me para não arrancá-la de lá porque *A menina está toda troncha, João. Não pode, isso.* Não. Não posso errar com Clarice.

Clarice Adler Furtado.

Clarice, filha minha e de João.

Clarice, que se eu pudesse colocaria numa redoma de vidro até que ela se borbolete em mulher adulta e forte. Até que eu tenha certeza de que ela é a nova Mulher Maravilha e pode voar e dar socos e pontapés em qualquer facínora que a importune.

Ela tem o meu nome. Tem uma certidão de nascimento que diz que eu sou o pai dela. Como pode João ler aquele kindle tão desatento ao mistério daquela posse? Como não para tudo para guardar aquele rostinho que reflete o dourado do sol vespertino sobre a pele escura e nova, as pálpebras de delicadas dobrinhas a proteger seus sonhos de menina recheados de creme de confeiteiro?

Desconfio dessas pessoas que usam kindle. Que não leem com uma caneta na mão para grifar e anotar nas margens, marcando a sua travessia sobre o livro. Como estou casado há mais de trinta anos com esse tributarista galego que lê num kindle, meu Deus? E agora carrego o nome dele também. E ele, o meu. E Clarice, o nosso. Estamos todos amarrados: donos e domados ao mesmo tempo. Presos, os três Adler-Furtado, nessa tarde modorrenta de verão, à sala dos Adler-Furtado. Sem ar-condicionado.

As solas gordinhas dos pés dela são rosadas e se deixam exibir com tal descuido, tão distraídas que eu posso fazer cócegas. Ou morder. Os dedinhos se dobram para dentro, almofadadas como patinha de gato. E a respiração assovia levinha, *A menina está toda troncha, João*! O que eu tenho que fazer para que ela possa viver assim para sempre? Exposta, sem medo de ataque nem de cócegas traiçoeiras? Escarafuncho a resposta em minha mente, mas deparo-me com um fundo seco e pedregoso. Talvez tenha que fazer cócegas naqueles pezinhos para que ela acorde e, assim, aprenda que deve dormir protegida, em lugares controlados, jamais de costas para a porta, pés cobertos, coração escudado. Para que vá se acostumando com a insônia, com a espera do golpe, da violação.

E João... João não faz ideia mesmo. Tem uma filha adulta de um metro e oitenta de altura. Jamais abordada em uma batida policial que fosse. E que ainda bota medo quando começa a discutir em alemão com o pai, na sala dos Adler-Furtado, enquanto eu e Augusto, os *goyim* da família, estamos na cozinha preparando a ceia de Natal. Encolhemo-nos os dois, silenciosos e diligentes. Augusto abre a porta do forno para ver se o peru está assando, mesmo que ainda faltem três horas para ele ficar pronto, e o pincela inteiro com mais camada uma de manteiga. Eu me concentro em enfileirar as pecãs na torta como se fosse artesão bizantino elaborando um mosaico. Constança, com aqueles olhos azuis e sobrenome estrangeiro, sabe cair nas graças de senhorinhas e autoridades. Constança está quase em segurança. Como Clarice jamais estará, e isso João não entende.

Ele acha, por exemplo, que sou um homem vaidoso. Sim, tenho cabelos sempre cortados, barba aparada (porque a barba, agora grisalha, torna-me grave e digno de respeito), roupas passadas e novas, óculos na cara o tempo todo. Corro dez quilômetros dia-sim-dia-não e faço academia para que não me brote a barriga de chope, porque não posso me dar ao luxo de parecer, nem de leve, um cachaceiro. Dou aulas de terno, sempre. Volto para casa antes da meia-noite.

Agora sinto-me obrigado a viver pelo menos mais cinquenta anos, até que Clarice esteja segura. Quando será? Começo a listar minhas providências: check-up anual, cortar a carne vermelha, aprender a meditar, tomar todas as vacinas que me faltam.

Nunca conversei sobre nada disso com João ou com Constança. Nunca a fundo. Temo não ser compreendido. Temo a decepção irreversível.

Revelei meus medos, algumas vezes, a Olímpia, pois essa conhece ranhuras dos avessos da vida. *Talvez entenda alguma coisa*, ela me disse enquanto tomava um de seus infinitos chás no banco da varanda do apartamento. *Eu me sinto culpada o tempo todo, sabe? Culpada por ter uma vida confortável, por ter herdado uma fortuna dos meus pais, por viver como eu quero. Por viver e morrer como eu quero, com liberdade para viver meus medos mais rascantes em voz alta. Eu não suporto, não suporto até hoje que eu possa ter tudo isso enquanto meus pais, e avós e bisavós e ancestrais, por centenas e centenas de anos, foram caçados e esmagados como baratas. Eu sinto culpa porque sobrevivi até agora. Sinto a culpa de uma barata que está vivendo tempo demais.*

Ela entende alguma coisa, sim. Mas vive com um fantasma que deve ser superado. Eu vivo com um monstro a ser suplantado, bocarra fedorenta, dentes afiados, estômago vazio. *Pode acontecer a qualquer momento, entende? Posso sair daqui e ser parado pela polícia no caminho pra casa. Posso nunca chegar em casa. E só vou ter lugar no Jornal Nacional porque eu sou professor da USP.*

Olímpia encostou a cabeça no meu ombro, como Constança fazia quando era pequena. Suspirou em desesperança. Eu também suspiro, acostumado. *Estou escrevendo um livro de contos*, ela disse. *E tem algum personagem inspirado em mim?* perguntei. *Tem sim*, ela disse. *Sou bonitão nesse conto?* insisti. *Gatíssimo*, garantiu. *As coxas mais lindas da literatura brasileira contemporânea.*

Mas Clarice sabe do Monstro que a espreitará a vida toda? Deve saber o quanto antes? Meus dedos se agitam num impulso... Que perversidade, acordar a menina com minhas cócegas! Será que o Monstro não começa a se apossar de mim sem que o perceba? Eu, contaminado por quase sessenta anos de mundo, algoz inconsciente? Que horror, Marcos, que horror! E esse ar-condicionado? Quebrou de vez? O suor começa a se espalhar, a camiseta já tem um cheiro azedo embaixo dos braços. Cheiro de monstro. Mas Clarice precisa ficar forte desde já! Não pode fechar os olhos, abandonar-se assim ao soninho infantil e delicado, veja só como até o ronquinho burbureja como nascente de riacho. Tudo nela é novo e confiante. Céus! E quando chegar à escola? Porque vai frequentar a mesma escola que Constança, faço questão. Aquela da esquina, cara e clara como uma estação de esqui nos Alpes suíços.

Faço questão mesmo?

E se... E se... a língua formiga, o ar falta. Maldito ar-condicionado! João nem se mexe, o que está lendo nesse maldito kindle que não pode parar para ajeitar a menina e ver o que deu no ar-condicionado? Mas o calor vira frio de repente. Não um frio que afina o ar, pois esse continua gelatinoso demais para entrar em meus pulmões. Um frio no suor que empapa minhas costas, minha nuca. Um frio que traz a noite para o meio da tarde, e nem começou a chover. Chove só em mim: tudo molhado, tudo escuro, bebo toda a chuva de janeiro da tarde paulistana e não deixo nada para a cidade. Escurece.

Escurece, e o escuro é bom. Não preciso abrir os olhos. Nem respirar eu preciso. Envolve-me um som que não é som, como televisão fora do ar. É uma camada gorda de pressão que me protege, visgo amniótico com gosto de sal e de algas marinhas. Peixinhos beliscam-me as pontas dos dedos. Isso mesmo, meus peixinhos, ofereço-vos minha parca e fibrosa carne. Ofereceria os olhos se pudesse abri-los, mas estou muito cansado. Queria ter um pouco mais, mas machucaram-me tanto, meus peixinhos, e por isso peço perdão. Tenho só a carcaça. Por dentro estou já todo carcomido. Devorem-me em paz, de mansinho, bocado a bocado. Chamem os polvos, os cavalos-marinhos. As sereias também, essas podem ficar com meus lábios. Não sabia que era tão bom desaparecer, transmutar-me em nada. Se soubesse, teria morrido antes.

O ar-condicionado volta a funcionar, mas a noite continua. *Papai tá dodói*, ouço. Cego, concentro-me no cheiro insosso e anti-séptico, nos sons de máquinas e de sussurros, no pontinho miúdo de calor sobre a minha mão. A dor de cabeça me perfura como faca enfiada olho adentro. A náusea me estremece todo. Abro os olhos a contragosto, e tudo é branco e incandescente.

— Baba acordou, pai.

Outro calor, maior, toma-me a outra mão. João.

— Marcos, meu amor. Que susto você deu na gente!

Os olhos dele são quase transparentes, como mar raso e tropical. O rosto dele é uma folha de sulfite rabiscada, os cabelos quase já não têm fios castanhos. Meu Deus, esse homem foi ficando cada vez mais branco com a idade. Como não notei? Como não cuidei?

Abro a boca para perguntar que susto foi esse que eu dei, afinal, mas duas ondas violentas brotam-me do estômago, sobem-me pela garganta e deságuam no colo dele.

— Ah!

— Eca!

— Caralho, Marcos!

— Não xinga na frente da Clarice, pai!

O peito de frango grelhado do almoço se mistura aos restos de café e à calça de moletom azul-marinho. Meu nojo é proporcional ao meu alívio.

— Puta que pariu, Marcos...

— Pai! A Clarice tá aqui, ainda!

— Chama a enfermeira, Constança, faz favor.

Passos saindo do quarto.

— O que eu tô fazendo no hospital, João?

— Parece que foi só um ataque de pânico. Mas você vai ficar aqui essa noite, em observação. Vão fazer mais alguns exames.

tuc-Tuc-TUC, crescem os sapatos sobre o linóleo branco.

— Boa noite, pessoal... Desculpa a demora. Tinha fila no caixa da farmácia. Mas acho que trouxe tudo o que vocês pediram: roupa limpa pro Marcos, escova de dente e... Caramba, o que aconteceu aqui!

A enfermeira e a faxineira quase atropelam Augusto. Avançam sobre mim numa ânsia por limpar-me, por trocar os lençóis, por afastar João, que pergunta ao genro se por um acaso não trouxe duas mudas de roupas em vez de uma.

Um ataque de pânico. Agora, além do check-up, da academia e dos ajustes na dieta, vou ter que fazer terapia? Como se o medo que Constança tinha de que eu morresse de repente e a deixasse sozinha finalmente tivesse se agarrado aqui dentro.

Não fui eu que escolhi o nome de Clarice. Talvez a menina tenha me fisgado justamente por isso, os dois *cês* curvos furando a minha carne assim que nos foi apresentada. *Você não tinha mesmo escolha, meu filho,* diz a minha mãe, *Nem ela... Vocês dois já eram um do outro assim que se viram pela primeira vez.*

Mas mãe, eu achei que já sabia o que era ter uma filha. Achei que ia ser igual.

A galeguinha é filha emprestada, Marcos. Essa, não. Por isso o medo é maior.

Mãe?

Oi, meu filho?

O que a senhora tá fazendo aqui no hospital? Eu morri também, foi?

Dona Mariana ri seu riso raro e tremidinho, que se encomprida até desmaiar em *fade-out*.

Augusto está ao lado da cama. Escrutina-me de testa franzida e mãos apoiadas na cintura, intrigado. A concentração voraz de corvo sobre corpo moribundo me encolhe inteiro.

— Cadê João?

— João foi pra casa tomar banho e trocar de roupa. Já volta.

— Tá me olhando assim por quê?

— Não sei... É que você tá com uma cara estranha... Parece outra pessoa.

Até mesmo o nariz dele parece mais adunco, metamorfoseado para, assim, cavucar melhor os fragrantes indícios da minha morte.

— Outra pessoa? Quem?

— Alguém que eu não conheço. Sei lá... não sei explicar.

Agarro seu pulso. Seus braços arqueiam-se como asas armando o voo de fuga. Mas sou mais forte.

— Que isso, Marcos! Parece um defunto ressuscitando no meio do velório!

O pulso pulsa forte, sangue quente e abundante. Agora sei. Estou vivo, ainda.

Aliviado, liberto-o.

O calor aconchega-me por trás, ressonando aqui dentro em ronronar baixinho. Um grunhido preguiçoso encomprida-se na garganta. Minha nuca recebe a respiração quente, mas é aqui embaixo que reajo. Então sinto. Pressiona as minhas costas, verga cálida e inquieta. Bom. O que é isso, mesmo?... hummm, faz tempo!

— Epa! — estouro, assustado. Afasto-o, brusco. João quase cai da cama.

— Quer me matar, diacho?

Ele coça os olhos, ainda com um pé no sono. Eu também estou confuso, mas meus olhos quase se rasgam nos cantos, tão arregalados estão, comendo as paredes e os móveis. Reconheço o nosso quarto. O livro que eu estava lendo ontem à noite sobre o criado-mudo, o chão de madeira clara, Alphonsus (Terceiro? Quarto? Quinto?) de pelos eriçados no limiar da porta aberta, miado de espanto preso nos dentinhos entreabertos.

— Que saliência é essa, João?

— Hein?

Então a confusão no rosto amassado dissipa-se em riso.

— Qual é a graça?

— Você parece uma velha beata, falando desse jeito.

Ofendo-me. Fecho a cara.

— E você parece um velho sem-vergonha, isso sim. Tem mais o que fazer de manhã, não? Uma caminhada no parque, uma feira que seja?

O riso se esparrama em gargalhada. Derrama-se do corpo deitado na cama e desagua pelo quarto todo, batendo nas paredes. Molha meus pés. Mas o chacoalhar vai amainando, controlando-se, até que ele erga o tronco e se apoie sobre um dos cotovelos. Bate a outra mão no colchão, chamando-me.

— Vem cá, vem, minha velha. Que o velho acordou assanhado, hoje.

Vai colocar uma roupa decente, Marcos!, minha mãe ralhava quando andava só de shorts pela casa. Ela não queria que eu me distraísse porque certos descuidos são fatais.

Ajeita direitinho esses documentos nessa carteira.

Você não vai sair com essa camiseta manchada, vai? Que molambice é essa? Eu não lavo a tua roupa à toa, menino, eu lavo é pra você usar roupa limpa sempre.

Era assim que dona Mariana me fazia cócegas. E estou vivo até hoje, não estou?

— Tem alma quereno se alojá nesse corpo, muzanfio. Quereno chegá perto da menina, cuidá dela tamém.

O Preto Velho solta a baforada de fumaça do cachimbo.

— O que eu faço pra não deixar ela se apossar de mim, meu pai?

— Nada, muzanfio. Isso acontece com nóis tudo. Suncê vai ficando véi, suncê vai ficando igualzim pai, igualzim mãe. Tem que aceitar, tem jeito, não. Num tem feitiço, num tem trabaio espirituá que arresorva isso. Tua mãe tá fazeno morada em muzanfio, ficando eterna. Um dia suncê vai fazer o mesmo na menina. Quando ela for muié forte, brabulêta, e tiver os fii dela tamém.

318

às onze e cinquenta e oito da noite, Trinta e Três. três mais três, Seis. Um dia lhe disseram que ele era um Sete, se somasse os números da sua data de nascimento, dia mês e ano, Veria. Sete, número da Perfeição. mania de virginiano, nascer Sete. nascer Sete num mundo Seis, insuportável para todo Sete que se preze. trinta e três, a idade de cristo. devia resvalar para o Trinta e Três, tornar-se um Seis num mundo Seis, sendo ele um Desajuste? e se Nunca Mais sair disso? tinha que decidir Antes das onze e cinquenta e oito.

Mas já não havia mais acesso aos terraços do prédio firmemente enterrado no chão tímido do centro velho de São Paulo. rocha preguiçosa, terrosa e maciça, imenso deus-touro. encostada nele, como tímido bezerro a esfregar a cabeça na mãe, a igrejinha barroca. ele entrou Lá um dia. devia Rezar antes De? talvez. a Mãe o ensinara a rezar, mas rezar para Quê, se ele ia pro Inferno de qualquer jeito?

pegou o paletó do cabide de chão, uma daquelas peças de mobiliário que só ali se podia ainda achar. outro dia encontrou um cinzeiro — um Cinzeiro! — com o logotipo da secretaria-da-fazenda-do-estado-de-são-paulo no fundo do armário com material de escritório. e também aqueles lápis amarelo-fosforescentes que prometiam apagar até caneta, e radex — dona ivone, que raio é Radex? é pra apagar erro de máquina de escrever, ela disse. e ele escondeu uma caixa daquilo no bolso, Vou levar pro meu pai, pensou, o velho vai gostar, porque o velho tinha essa portátil miúda, olympia traveller, que era o amorzinho da vida dele.

dona ivone, vou sair pra almoçar. vai com deus, doutorzinho. dona ivone parecia uma avó. ali ele era neto, trinta e dois, enquanto os outros deviam ter, em sua maioria, uns Setenta anos. isso desde que passara no Concurso e virara Doutor — todos os auditores fiscais de renda ali eram tratados por Doutor — mas porque ele era moço na época e tinha quase Todo o seu cabelo bem preto no topo da cabeça, era o doutorzinho para a dona ivone, e para sempre seria. Credo, dona ivone, Doutorzinho é o nome daquela Pomada que minha mãe vive passando nas articulações, não me chama assim, Não. que bobagem, doutorzinho, ela abanava a mão, fazendo pouco caso daquele pirralho.

pouco caso até As onze e cinquenta e oito da noite. depois dona ivone ia falar dele com forçada Gravidade, Era Tão Moço o Doutorzinho... que deus o Tenha!

passou o cartão na catraca que separava as salas dos elevadores e destravou a porta de vidro. medida-de-segurança, diziam. garantiam que o vidro era Blindado, mas isso era lorota. um dia um grupo de assaltantes entrou ali para roubar o Cofre. não, tião, que cofre o quê! cê acha mesmo que se guardava dinheiro no cofre ainda, Todo-o-Dinheiro-do-Estado-de-São-Paulo-o-Mais-Rico-da-América-Latina, naquele cofre? já se foi esse tempo. eles queriam era assaltar o banco no segundo andar, o Banespa, cê não lembra? nem existe Mais essa porra de Banco. oras bolas, o Cofre... ele viu uma vez, o Cofre. ficava no subsolo e a porta tinha a largura do seu braço esticado, e quando a porta se fechava o ar lá dentro acabava, diziam. mas ele não queria que fosse assim, sufocado, deuzulivre. sempre teve Pavor de morrer sufocado.

as portas de vidro podiam ser fechadas automaticamente se detectassem assaltantes no prédio-gigante e, assim, quem estivesse dentro dos escritórios ficaria a Salvo. mas o que as vidraças-anticorpos não impediam de entrar eram os Demônios, as Almas Penadas, a Energia Ruim que se impregnava ali. por isso que dava Barata. diziam que era culpa de

Tanto Papel acumulado, mas era nhaca de morto-vivo que se materializava em insetozinhos miúdos que se escondiam atrás dos bebedouros de água. ele só bebia água mineral de garrafinha comprada. diziam, os mesmos velhos que trabalhavam ali desde a época de dom pedro, que no terreno em que construíram o prédio-monstro havia antes um cemitério indígena. ele ria da história porque isso mais parecia imitação Barata de livro do Stephen King (tudo ali era Barata, até a imitação), e então ele explicava que as almas dos Índios assombravam mesmo era o vale do Anhangabaú, onde passava um córrego de águas que faziam até mal a quem bebesse. ali, não. ali houve antes um convento carmelita, que era anexo à igrejinha barroca encardida. mas os velhos Não se Convenciam, e o olhavam com aquele desdém de Ah, Doutorzinho, entende de Leis, mas Não Sabe de mais Nada. talvez não soubesse mesmo, sabe como é aquele papo de que nossa Vã Filosofia supõe menos do que Há entre o céu e a terra. Afinal, não tinha Dúvida de que aquele prédio era Mal-Assombrado. bastava passar oito horas por dia ali, como ele. e de história de Terror ele entendia, gostava de todas elas, e, portanto, não discordava de todo dos velhinhos. Aparições, Gente Enlouquecida, até máquinas de escrever que de repente começavam a funcionar (essas, porém, nem sempre eram imaginárias, pois os ofícios e memorandos ainda eram Numerados e Datados naquilo). Céus, Aquele Lugar fedia a Passado! cheirava a Mofo, Inseto e cabelos brancos. diziam Tanto daquele lugar que ele começava a enxergar Aquele Lugar Outro, o Dizido. índios pálidos no arquivo do subsolo com orelhas coladas ao chão, seguindo o marulhar de um riacho soterrado; freiras encolhidas no banheiro vigiando o Cambuci pela janela estreita e comprida.

Saiu Dali.

a Rangel Pestana o golpeou Barulhenta e Suja. era Agosto, mas fazia um Sol Seco no Céu. sentiu-se Vivo de novo e, sabendo-se Vivo, lembrou-se que Teria que morrer antes das onze e cinquenta e oito. podia se Jogar embaixo de um carro, mas o trânsito vivia parado ali, e seria uma morte lenta demais. passou diante da igrejinha, que estava Mais triste do que ele (e nem podia se jogar embaixo de um carro, a Coitada). a escadaria que levava ao metrô Se Abriu Aos seus Pés, convidativa, mas Oh! que Nojeira seria! Justo na Sé, na encruzilhada das linhas vermelha e azul, como se fosse Oferenda de carne moída a um exu de humor duvidoso.

Não.

subiu a ladeira, ladeando a praça, em direção à Liberdade (ainda que tardia, pois Antes das onze e cinquenta e oito Ele teria que...).

vai passar o Resto da Vida Aqui, anunciaram no seu primeiro dia de trabalho. Vai se acostumando com o Nono Andar, com Aquela Sala, com a Sua Mesa, aconselharam. e talvez o Peso dessa Condenação o tenha segurado como bola de Ferro Presa ao tornozelo. Não alcançou a liberdade. da praça joão mendes ele voltou pra dentro do prédio, como se a sua saída tivesse sido um breve regurgitar do Deus-touro, que o alcançava de volta com sua língua negra e babenta para ruminá-lo e engoli-lo mais uma vez.

mas quando o elevador se abriu no Nono andar, não havia Mais porta de vidro, não. Todo o Resto, Igual. aproximou-se da escada que ia do térreo ao décimo sétimo andar, corrimão dourado brilhante. Não olhe pra baixo que dá Vertigem, recomendavam. e ele Sempre dava uma olhadinha para ver se sentia ela, a Vertigem, e Nunca. Só mesmo a espiral dourada e infinita (Dezessete andares, um mais sete, Oito, Travessia). só que Desta Vez...

Desta Vez...

lá Estava. não a Vertigem, mas o Corpo espatifado no fundo, pernas espalhadas numa posição impossível, miolos, sangue, o Corpo Emoldurado pela espiral dourada a Chamá-lo, Veja Como Sou Livre! Veja como minhas pernas dançam Alegres, ossos esmigalhados, tornando o meu Passo ainda

Maior! Veja meus miolos Esvoaçantes, despreocupados, e meu Sangue Espirrado como as tintas de Pollock! Veja, Eu, Obra de Arte!

e ele Quase caiu no chão ao se afastar Daquela imagem, seria Aquela a Vertigem sobre a qual Tanto o alertavam? a Voz ainda subia os Nove andares, Veja, Veja, Veja! mas ele não Queria ver, Não, Não, Não! Quero a Sala 237 (dois mais três mais sete, Doze, o Afogado do tarô), a Minha Mesa, a Minha Cadeira, e continuou atordoado na direção da Porta. tomaria um Café ruim no copo de plástico, era isso que precisava para Acordar.

mas!

a mesa estava ocupada.

(tec-tec-tec)

com uma sisuda máquina de escrever, Adler Universal 39 (três mais nove, Doze, o Pendurado do tarô), uma cinzeiro cheio, uns papéis, uma xicrinha de café e um Ele. Sim. um Ele ali atrás, intercalando adler e cigarro: ora prendia o cigarro com os dentes e batia tec-tec, ora parava de bater e jogava as cinzas no cinzeiro. e ele tinha um bigodinho ordinário, preto como os cabelos. Quem É Você, ele pergunta. e o Homem-Ele, Eu é que Pergunto: Quem É Você? camisa branca estufada sob os suspensórios, gravata preta, chapéu panamá sobre o paletó no mesmo cabide de chão. vestido de velho. Você é uma assombração, ele pergunta, e o Homem-Ele diz: Assombração é você, pois em dois mil e dezessete eu já estou Morto (dois mais zero mais um mais sete, Um, Solidão). Meu Deus, eu estou Morto?

Está.

merda. Ele Sabia! Sempre se sentiu assim, meio morto, Especialmente em Agosto. Trinta e um de Agosto. Trinta e Um barra Oito. 318 espelho de 813 (Oito com Treze, Infinito Azar). (Oito mais Três mais Um, Doze, o Enforcado do tarô). se tivesse nascido Dois Minutos mais tarde como o irmão, em setembro, quem sabe não teria escapado à maldição? não teria saído Bonito como Daniel, alourado, forte, miolos leves, descomplicado Cinco? Agora Descobria que, além de Feio, era Feio e Morto.

Augusto.

(o deus-Touro devia estar doente, com suas funções corporais trabalhando em ritmos Estranhos, ganhando cores Roxo-Esverdeadas, o Delírio Derramando-se da biblioteca-cérebro para os outros órgãos: elevador-faringe, cafeteria-estômago, gabinete-do-secretário-fígado, tribunal-de-impostos-e--taxas-pulmão, departamento-de-recursos-humanos-coração, intestino-cofre. Quem Mandou a bibliotecária misturar livros de Ficção aos livros de direito tributário e economia? agora adoeciam Também os vermes, bactérias, pessoinhas que viviam em simbiose com o deus-touro).

voltou para o elevador, Que Escolha ele tinha? quem sabe se não sairia numa época melhor, num andar melhor, talvez no convento carmelita, a freirinha já piscava graciosa para ele no canto do elevador, ou no cemitério indígena, enterrado embaixo do mato, No Princípio Tudo Era Mato!

mas ele não foi pra baixo, foi para Cima. porque desta vez o elevador mostrava mais um botão, piscando-lhe, como donzela coquete, uma, duas,

3 vezes:

18 (um mais oito, Nove, O Fim de Tudo).

andar Novo, como assim? é o Ruminador, pensou. o Grande-Mugidor a fazer Feitiçarias, a Enlouquecer todo mundo que passa por suas entranhas, como se Tentasse, assim, equilibrar seu mundo: vocês Entram em mim, eu também Entro em vocês. mas o Deus-Touro é Faminto, e seus dentes são prensas pesadas a Esmagar, Esmigalhar, Esmiuçar. e agora, com aquele Botão a mais aparecido por Magia, dizia-lhe o Baal:

Venha.

e ele Foi.

apertou

3 vezes:

18 (um mais oito, Nove, o Abismo).

abriu-se a porta, entrou a luz solar. assim, direto no terraço, topo da cabeça preguiçosa do touro. como Venta! como é Claro, aqui! a serra da cantareira se estendia ao norte, a planície de concreto à direita, a catedral da sé à esquerda, também as torres da avenida paulista. aproximou-se da balaustrada e viu, lá embaixo o chão duro, esperando o seu pouso. vaz era Corvo em basco, o pai explicou uma vez. augusto vaz, filho do Doutor caetano Caligari vaz.

abriu as asas compridas, livre

Augusto Corvo

e Voou,

farejando a Morte, pois Essa era Sua natureza. as asas, maiores do que o cofre sufocante. morrer Assim, cheio de Ar, cheio de Vento, assim era bom! o Sol Seco no Céu sumiu. escureceu.

Ploft!

Nevermore.

e lá Estava, Estatelado, Ele-Sacrifício, pernas quase enrodilhadas como um bailarino impossível, miolos Espalhados, sangue Espirrado, até mesmo a moldura em Espiral ele tinha. Espiral, Ali na rangel pestana?

oh, céus!

Tudo aconteceu ali, Dentro da cabeça dele (ou do Deus-Touro?), pois suas duas mãos ainda se apoiavam, covardes, na balaustrada Encardida de um prédio desalmado.

Ei, Você! o que está fazendo Aqui... doutor? chamavam-no de Doutor por causa do terno. chamavam o Outro cantinflas por causa do bigodinho ralo nos cantos da boca, teria ele algum ancestral indígena descansando os ossos lá embaixo? Doutor augusto? cantinflas! Como Foi que o senhor subiu Aqui? nem sei... vi a porta que dava pra escada aberta, quis dar uma olhadinha. é perigoso vir aqui, doutor, sabia que aqui tem muito suicídio? um homem se jogou naquele vão da escada uma vez, um japonês, acho que fiscal. É, eu sei, já ouvi falar. mas pode olhar mais um pouco, eu vim aqui só pra ver essa telha quebrada, pra pedir um orçamento pro conserto. tudo bem, cantinflas, só vou fazer uma ligação e já desço. à vontade, Doutor. obrigado, cantinflas.

pegou o celular.

alô, professor adler? augusto? Isso, eu mesmo. É que... eu sei que a gente tem aquela reunião na faculdade hoje à noite pra revisão do capítulo da tese, mas... é que... [tosse] Você tá bem, augusto? tua voz tá Estranha. mais ou menos. acho que peguei um resfriado, sei lá. [tosse] a gente pode cancelar a reunião? claro, claro. ok. augusto? Sim, professor? eu não sou de fazer isso, mas se quiser ir lá em casa no sábado de manhã, a gente revisa isso em meia hora e pronto, deixa isso resolvido de uma vez.

pausa ansiosa.

Pode ser, professor. Se não for incômodo. Incômodo nenhum. Vou te mandar o endereço por e-mail. obrigado, professor. te vejo no Sábado. até Mais, augusto. melhoras. até Sábado, professor. valeu.

Merda.

não podia deixar o professor esperando no Sábado.

Merda.

sabia, agora, que ia chegar aos Trinta e Três, e que teria que fazer brotar em si a Coragem de ser um Seis.

Depois das onze e cinquenta e oito (um mais um mais cinco mais oito, quinze, um mais cinco, Seis).

desceu a escadinha que levava ao Décimo Sétimo Andar.

(tremelicou a escadinha? Riu, a Escadinha, da sua Covardia? ria, a Filha da Puta, batendo os dentinhos, Tec-Tec-Tec-Tec-Tec!)

um mais sete,

Oito,

o Não-Fim.

CASCA

Linda Inês beija Raimundo Flamel. A menina suspira, e o suspiro infantil a horroriza. A novela acaba.

Ela desliga a televisão velha, branca, girando o botão até o clique.

— Agora não é mais hora de criança assistir tevê — ensina.

— O pai deixa eu ver televisão até meia-noite.

A menina mente, mas ela tem vontade é de rir. Não se reconhece. Em outros tempos, se Marcos tentasse enrolá-la para dormir mais tarde, seria motivo para ficar de castigo. Ela o faria desligar as luzes e ir para a cama às nove da noite, uma hora antes do combinado, por uma semana. Sete horas a menos de leitura. Mas ele nunca lhe dera trabalho. Não o seu Marcos.

Falta: era isso que ele lhe dava. Assim que terminou a faculdade, debandou-se para São Paulo. Ela, que o sonhara ali pertinho! Tinha fantasias de exibi-lo na vizinhança, na paróquia, no terreiro, para as amigas. *Meu filho doutor. Meu filho advogado. Meu filho professor de Direito.* Sim, o homem que ela construíra sozinha, sem ajuda de homem algum. Vá lá... alguma ajuda da falecida mãe. E de Nossa Senhora. Mas homem? Nenhum. Marcos não tinha pai de carne e osso, ela decidira lá atrás. Marcos era filho de Xangô. Lutara, todos os dias, para suprir qualquer imaginário vazio. E a luta constante lhe dera uma certa dureza, uma secura nos modos. Trabalhou sem descanso desde que desceu a serra da

Mantiqueira e quedou-se em Guaratinguetá. Foi promessa a Nossa Senhora Aparecida. Moraria perto das águas em que Ela havia aparecido se Ela o ajudasse a criar o menino que crescia em seu ventre. Ela moça, Nossa Senhora Aparecida mulher, Mãe Clarice anciã: três mães para o menino.

Precisa deixar essa casca dura amolecer de vez em quando, a Mãe lhe disse tantas vezes. Deixar a gente ouvir esse coração batendo, que é pra saber se aí tem coração ainda. Com coração exposto a gente até arranja menino, mas não é assim que se cria menino, ela respondia, ensinando o ofício à própria Mãe. Porque se ela errou uma vez, não erraria mais. Corrigiu o erro de imediato, aliás: afastou-se de, desceu a serra, mudou de vida. Mas alguma coisa deu errado, sim, admitia com a justa humildade dos que analisam os próprios equívocos para não repeti-los. Alguma coisa desandou, pois o menino não se moldou de todo. A argila do qual era feito era macia em algumas partes e resistente em outras. Arredia. Marcos começou a endurecer assim que entrou na faculdade. Começou a voltar tarde para casa, ficar além do horário das aulas. Mas as notas — Ah! Essas? — impecáveis. Trancava-se no quarto. Trazia pilhas de livros da biblioteca, e nem todos de Direito. Tinha o silêncio de quem se pensa muito, de quem se intriga, de quem se esmiúça. Cinco anos depois, faculdade terminada, arrumou um trabalho em São Paulo e nunca mais voltou.

Reclamou, ela? Não podia. Criara o filho para o mundo, dizia a si mesma. Não era dessas mães egoístas que engordam os filhos com broas e bolos até que eles fiquem lentos e pálidos e não consigam mais ir embora. Marcos não queria ser apenas advogado. Ele queria ser mais, ir tão longe que a vista dela nem pudesse alcançá-lo mais.

Ele tentou lhe falar num dos feriados prolongados que passava com ela. O nome dele era João, contou, e tinha uma filha. Linda, a menina, mãe, a senhora precisa ver. E ela, de repente entretida com a toalha xadrez da mesa, os dedos apertando os quadradinhos vermelhos e pulando os brancos, como se sua vida dependesse disso. Sim, meu filho. Mas você não precisa morar de favor na casa dos outros, se Deus quiser há de voltar a alugar um apartamentinho só seu. E depois uma casa com quintal, quem sabe, filhos gostam de quintal. Seus filhos, não os dos outros. Mas mãe! Reze, meu filho. Reze pra Nossa Senhora te mostrar a moça certa, a que vai te fazer ter vontade de ter sua casinha com quintal. E aí ele se calou, porque não morava de favor e ela sabia, mas ela não queria que aquele conhecimento penetrasse muito em sua casca calcificada por anos e anos.

As visitas foram rareando, mesmo nas férias acadêmicas. Até que ele apareceu em sua porta pedindo pelo antigo quarto. Sem choro, porque ele não sabia chorar na frente dela. Chorava, escondido e de mansinho, no colo da avó, que era macia e redonda, carnes prontas para receber o neto em seu abraço. Ali devia estar o erro, um raio lúcido a iluminou certa vez. Ali, em dona Clarice: ela desandou o menino com seus chás, sequilhos e bolinhos de fubá, com suas compreensões e delicadezas. A mãe às vezes chorava ouvindo rádio. Suspirava por Orlando Silva, o cantor das multidões. Lábios que beijei, ela cantava enquanto escaldava o polvilho com leite quente. Indecências. Se tivesse tido uma mãe com mais firmezas e decoros, talvez não tivesse lhe seguido o exemplo e embuchado de. Não, deixe pra lá, lá atrás em Baependi.

Mas então retornou Marcos, triste que só. Achou o disco da avó, tirou a poeira da vitrola, emendou o fio carcomido da tomada com fita isolante e se esticou no sofá onde nem cabia mais esticado. Os pés ficavam suspensos, canelas apoiadas no braço do sofá. E aquela bermuda? Mania de ficar de perna de fora dentro de casa! Estou de férias, mãe, está quente. As pernas peludas como as de. Que isso, Marcos! Você não era assim. Não era!... Usava calças compridas, sempre alinhado o meu Marcos, como o ensinou desde menino. Tinha que andar com roupas decentes, bem passadas, carteira de identidade sempre no bolso, jamais em má companhia. E nunca

— Nunca!, — zanzasse na rua depois das onze da noite. Que maloqueirice era aquela? Estou em casa, mãe. Me deixa ficar à vontade, está bem?

Teria faltado o? Por isso ele foi embora essa noite com o Homem, que veio de São Paulo buscá-lo em sua porta? Quando a campainha tocou, ela soube. Ele era alto, estrangeirado, de olhos aguados, e carregava a menina no colo. Suas esperanças morreram ali, na menina. Ele estava enganchado para sempre, ela soube. Então Marcos se foi com o Homem, tinham *muito o que conversar*. E a menina ficou ali, com sua malinha da Moranguinho, para passar a noite.

— Por que a senhora não tá de camisola?

— Porque eu ainda vou demorar a dormir, menina.

A menina já está de banho tomado e pijaminha curto, lilás. Não sabe o que fazer com a criança dos outros. Se fosse dela, bastava ser severa. Mas o que fazer com essa menina criada em São Paulo, mais branca do que os filhos dos patrões das casas onde trabalhou a vida toda, que exagerava um suspiro vendo beijo de novela? E que suspiro mais coquete! Deu até vontade de balançar a cabeça, rindo. Essa meninada moderna era até engraçadinha, não era? Céus, por que Marcos faz isso com ela? Estranha-se. Pipocam dentro dela umas brotoejas de sentimentos novos, uns desconfortos sem nome. Acostumada a ter tudo sob controle, sua rotina, suas visitas... A menina a perturba. Ameaça a sua casca.

— Vou fazer um chá pra você.

— Chá de quê?

— De erva-cidreira.

— Esse eu gosto. O Marcos faz pra mim quando eu tô sem sono. É docinho que nem bala, porque ele enche de açúcar.

O sorriso a assalta, traiçoeiro, pois era exatamente assim que dona Clarice preparava o chá para ele. Pega duas canecas e derrama o líquido verde-amarelento de uma pra outra, de uma pra outra, como se tentasse hipnotizar a menina.

— Isso é pro chá ficar na temperatura boa pro bico de criança.

A menina ri, fácil. Marcos era sério, nunca foi dado a gargalhar na frente dela. A vida exigia atenção o tempo todo naquela casa. Não comportava risos. Os risos afrouxam a gente, ela pensa. E porque nunca fora dada a frouxidões, dera-lhe uma casa, um quartinho limpo e bem cuidado, livros que recolhia para ele, cadernos, lápis e borracha. Até mesmo uma mesinha e uma cadeira para as tarefas escolares ele tivera. Doutor. Advogado. Professor de Direito.

— Tem biscoito de polvilho, quer?

— Quero, sim, senhora.

Porque pães de queijo são untuosos demais. Preferia a secura dos biscoitos de polvilho assados no forno, e esmerara-se em aperfeiçoar sua receita. Traz a vasilha de plástico lavanda com os biscoitos feitos naquela tarde. A menina masca o biscoito enquanto a vigia com o canto dos olhos. Até que é educadinha, pensa. Bem criada. Marcos, se tivesse uma filha, teria uma menina assim. Mas não teve. Podia se casar com a moça que quisesse. Bom homem, decente, estruturado, bonito.

Não. Decente, não. O que deu errado? Planejou tudo tão bem, acordou cedo, dormiu tarde. Fez tudo certo, ela. Só sabia fazer tudo certo, aliás. Olha para a menina.

Queria tanto ter uma neta assim!

Ouve o rastro quebradiço da rachadura que a percorre, crescente, espalhando seus tentáculos pela superfície da casca.

O peito dói lágrima que quer explodir barulhenta. Olho para a imagem Dela em seu altarzinho sempre bem cuidado, iluminado por velas novas, e minha Mãe, por que esse rio caudaloso brota agora em mim? Por que a falta funda vira, subitamente, esse excesso largo? Por que agora esse desejo, essa fome? Eu, que sempre tive minha dieta regrada, a barriga seca apesar da idade, os peitos murchos desde que desmamei o menino, a casa sem adornos, sem quadros, mas muito limpa e ordeira... Queria agora ver televisão até tarde, Telecine, Corujão, Jô Soares, e também queria gargalhadas, e crianças correndo pelo quintal, bestificadas com as jacas maduras, deliciando-se com os doces que eu faria e.

Por que isso agora, Senhora? Mãe do Céu...

Mas a Senhora não responde. Continua serena sob a chama amareliça, como se soubesse, mas não quisesse me contar.

É frio quando o vento penetra as frestas rachadas da casca. Mesmo em janeiro. Se Marcos estivesse aqui, eu o colocaria no meu colo para me aquecer, e pediria Conte, menino, conte tudo. Conte o que tem feito nos últimos anos. E capricharia no cafuné para que ele não tivesse medo de falar, e de continuar falando. Como é o apartamento mesmo? E o nome dele? João de quê? Ele te trata bem, meu filho? Que bom, que bom... E a menina? Que nome bonito. Constança. Se eu tivesse uma neta, ela bem que podia ter esse nome e.

Agora tudo se estilhaça no chão. Estou em carne viva? Por isso dói tanto, mesmo quando bate a brisa? Por isso quero dar as costas à menina e chorar feio no meu quarto. Um chorar uivado, ingrato, egoísta. O que Nossa Senhora me deu foi bom, muito bom. Mas quero mais.

A menina continua ali, mascando o último biscoito.

— Agora eu não vou chamar mais o Marcos de Marcos. Agora eu vou chamar ele de Baba.

— Baba?

Xangô rimbomba lá fora, anunciando chuva. Uma risadinha ecoa do altarzinho.

— É. Baba. Porque ele é que nem como se fosse o meu pai também.

Ergo-me, brusca, da cadeira. Arranco a vasilha da mesa e adentro a cozinha, sozinha. Porque preciso ficar só. Mas quando me apoio sobre a pia, o meu frio reflete o do mármore que eu agarro firme para não cair. Marcos não volta mais? Não essa noite. Tem muito o que conversar com o Homem.

Enfim, que se acertem. Mas o que fazer com o frio? A menina. Ficar perto da menina, como se ela fosse uma fogueirinha miúda e cálida. Volto.

— É hora de criança dormir. Você trouxe sua escova de dentes?

—Trouxe.

A menina vai até a poltrona, onde está a mala. Vasculha até achar a escovinha pequena e a pasta de dentes.

— É sabor de tutti-fruti. Dá vontade de comer, mas não pode comer.

Em outros tempos diria Quanta frescura, meu Deus! Mas hoje gosto da malinha da Moranguinho, gosto da pastinha de dentes que não é ardida, gosto do pijama com desenhos de cavalinhos coloridos, dos chinelinhos largos e roxos que cobrem o peito do pé fino e branquelinho da menina. Desses da moda, ráider, nada das havaianas gastas de Marcos. Gosto do conforto que ela tem, da vida tão menos seca que a do meu menino. Se tivesse uma pastinha de dentes de frifrituti na época em que Marcos era miudinho... Às vezes nem a ardida a gente tinha, coitado. Esfregava a escova no sabão de coco (porque da escova, que durava mais, eu fazia questão). Tem gosto de trouxa de roupa enxaguada, mãe. Não reclame, menino! Prefere ter a boca podre? Mas aquela menina não passou por isso, Graças a Deus. Podia... Podia estalar um beijo na testa dela!

— Tudo seu é lilás, é?

— É a minha cor favorita de todas. Rosa é cor de menina criança, mas eu já sou mocinha.

Tomo consciência de que é minha cor favorita também. Agora sou eu a intrigar-me comigo mesma, a esmiuçar-me, descobrir-me. Outra sob a casca. Grandiosa, até, cheia dos caprichos e preferências. Úmida, fluida, cheia de passado. Eu era moça. Bonita, cinturinha fina. Logo ele me viu. A única que não dançava no baile, ele me disse, e por isso chamei-lhe a atenção. Sisuda que só. E ele ria largo. Era todo folgazão.

Gostava de poesia. Que diacho é isso? Eu perguntava. Presta atenção, ele pedia. E cantava falando. Presta atenção na letra. Não é bonito? É, é bonito. Parecia bom moço, vivia às voltas com livros, muito do letrado.

— Muito bem. Você já conhece o caminho do banheiro, não conhece? Vá escovar os dentes enquanto arrumo a sua cama.

Tinha voz maviosa para cantar e falar coisas bonitas. Mas tínhamos que falar baixo, viver nos escuros. Tenho noiva, Mariana, ele me disse um dia. Meus pais fazem questão. Eu nem gosto tanto assim dela, juro, mas... E um dia, de repente: E se a gente fugir, Mariana? Deixo tudo! Danem-se as fazendas, dane-se o curso de Direito, eu não quero ir pra São Paulo mesmo... Vamos? A gente dá um jeito, Mariana, a gente... Eu já sabia, àquela altura. Esses enjoos, menina, esses enjoos eu conheço, dona Clarice alertou. Agora tudo muda, explicou triste, voltando a remexer a roupa molhada nas bacias espalhadas pelo quintal. Nunca me castigou, pois disse que aquilo não era novidade, que eu achava que era nova, mas que eu era mais antiga do que imaginava. Não fez perguntas, só afirmações dali em diante: Sinto que vai ser menino, um menino muito bonito e engraçadinho, filho de Xangô. Vem pra ajustar as coisas, menina, você vai ver. Trazer equilíbrio. E enquanto ela ficava lá com suas mandingas, eu fazia cálculos. Eu não podia fugir com Pedro, aquilo era sandice de moço rico que não sabia o quanto a vida podia ser áspera. Se ele fosse louco o suficiente, enfrentaria o pai. Desmancharia o noivado com um escândalo, porque tinha essas confianças de gente branca de que no fim tudo daria certo. O pai jamais aceitaria. Não, não. Aquele velho podia fazer coisa pior: pagar para sumirmos, ou para que eu arrancasse o menino de dentro de mim. Sumi antes. Pedro ficaria com ódio e me esqueceria em dois tempos. E iria para São Paulo, como os pais queriam. E se casaria com a noiva, como os pais queriam.

Entro no quarto de Marcos. Ele não volta essa noite, mas tudo bem. Tem muito o que conversar com João, eu entendo. É melhor que se acertem, que ele não fuja como eu fugi. É corajoso, o meu Marcos. O suficiente para fazer remendos. Remendos e sortilégios. Por isso deixou-me a menina. Deu-ma de presente. Sempre me presenteou de modos indiretos, pois eu nunca admiti que apreciava um bom regalo. Mas gosto, ah, se gosto! Marcos sempre foi ardiloso no agradar. Agradava até quando não queria. Quando tinha feriado as moças começavam a fazer visita. Outras nem tão moças também. Menino, eu já não te disse pra cobrir essas pernas? Mãe, eu uso terno e gravata todo santo dia, não posso usar shorts nem aqui dentro de casa? Ele cumprimentava a visita, que era minha (achava eu), quando passava pela sala. As não-tão-moças nem disfarçavam o suspiro lascivo, as tão-moças coravam. Broinha de fubá, Marcos? A Lurdinha acabou de fazer, ainda estão quentinhas. Muito grato, Lurdinha, estão muito bonitas, douradinhas e — Benza Deus! — que delícia! Qual é o segredo pra ela ficar assim, meio oca? E a casca? Pincelou só com gema ou misturou um pouquinho de leite? E não é que Marcos estava mesmo interessado era na receita da broa? Em Lurdinha, que era uma moreninha tão jeitosa, nada. Mas Lurdinha e as outras ficavam chateadas? Encantavam-se com a atenção dele aos detalhes das instruções: Dona Mariana, a senhora tem um filho de ouro, isso sim! Doutor, bem empregado, e tão cheio de gentilezas! As não-tão-moças, algumas casadas até, eram mais explícitas: um pecado esse par de coxas, hein... quando vai lavar o quintal pra senhora o movimento na rua até aumenta, repara só. E aquelas covinhas, o queixo de galã... O queixão que todo mundo naquela família rica tinha. Até o primo presidente-da-república. É só ver os retratos nos livros. Eu tive medo dele herdar aquele queixo, aquilo nos entregaria, Pedro. Por isso eu tive que sumir. Me perdoa, sim? Pedro, Pedro... você teria orgulho do filho, se soubesse... Pode, isso? Dá aula lá naquela faculdade onde você foi estudar. Hoje ensina o ofício de Doutor a tantos outros pedros que vão lá parar. Mas além de Doutor, e Advogado, e Professor, agora ele também é.

E sorrio tão de leve que os músculos do rosto quase não se movem. É, Pedro, nosso menino foi longe. E ele é tão melhor do que eu... Preparo a cama estreita de solteiro, que agora respira, renovada, lençol e fronha cheirando a sabão e ferro de passar. Pressinto a menina atrás de mim, à porta do quarto, esperando o convite para entrar.

— Dona Mariana?

Viro-me.

— É aqui que eu vou dormir?

— É, sim. Esse é o quarto do Marcos. Pode entrar. Deixei a sua malinha ali na cadeira.

A menina entra devagar, explorando tudo com os olhos cuidadosos. Alcança a mala e tira de dentro uma pantera cor-de-rosa de pelúcia.

— Essa é a Nini. Eu sempre durmo com ela.

Antes de chegar na cama, detém-se diante de uma prateleira cheia de livros de lombadas coloridas.

— Ele leu tudo isso, é?

— Tudinho, acredita? Minha patroa, na época, jogou todos esses livros no lixo. O filho não gostava de ler. Pois eu guardei tudo num canto da cozinha e trouxe pra cá, aos poucos. Escondida, porque a patroa ia achar que eu estava remexendo no lixo deles. Imagine... jogar livro fora, que pecado! Marcos leu todos eles. Meu menino sempre foi muito inteligente, muito estudioso. Por isso é que é doutor. E o filho daquela patroa... ave-maria... até hoje não se acertou na vida.

Um dia Pedro bateu à porta da tia Solange, bêbado. Foi meu pai, não foi? perguntou. Do que você está falando, rapaz? Foi meu pai que pagou pra ela ir embora, não foi? Aquele patife! Aquele filho da puta acha que manda no mundo! E como era melhor não se meter nos assuntos de gente graúda, nem minha tia sabia se tinham me pagado ou não, disse que não sabia de nada e trancou a porta. Contou-me que foram uns dois meses assim, gritos no casarão da cidade, bebedeiras vexaminosas, até que se escafedeu para São Paulo. Dizem que queria ficar longe do pai, nem que ficasse longe fazendo a vontade dele, estudando Direito.

— É por isso que ele conhece tanta história. — explica a menina. — Ele sempre me conta uma história antes de eu dormir.

Pedro também era bom contador de histórias. Namoravam e depois ficavam estatelados sobre o mato, olhando as estrelas. E então ele começava. Tinha a da índia dos lábios de mel, a do homem que era casmurro, Sabe o que é casmurro, Mariana? É uma pessoa muito teimosa, muito cabeça dura, assim que nem... Eu não sou casmurra! Ah, é sim. Não sou, não, e tenho dito! É sim, mas que casmurrinha mais linda, meu Deus!

— Meu menino é um bom pai.

— Ele é meu pai mais legal dos dois. Mas não conta pro Pai, não, tá, dona Mariana?

Olhamo-nos e selamos um pacto, cúmplices, enquanto ela se ajeita na cama.

— Dona Mariana...

— Hum?

— Se o Marcos é o Baba, a senhora é o quê?

Um raio trisca agudo lá fora, iluminando o que já era claro, mas que eu não via. Xangô gargalha em seguida. Nossa Senhora ri mansinho como a chuva que massageia e perfuma a terra. Será que chovia assim quando o avião caiu? Isso soube muito, muito depois, quando Marcos nem morava mais aqui. Pedro deu pra se envolver com subversivos em São Paulo, a tia contou. Baependi inteira sabia. Rapaz rico é que gosta dessas coisas de comunismo, eles acham que todo mundo pode viver bem como eles, nesse mundo. Ilusão. Mas nem moço rico eles perdoaram. Parente de presidente-da-república e tudo, mas um presidente de muitos séculos atrás, nem conta. Ninguém se lembra mais se ele era primo de presidente ou de imperador. Jogaram no mar com mais um monte. Levaram num avião, Mariana, todo mundo amarrado e vendado e com pesos nos bolsos, dizem que é pra afundar e ficar lá, pro corpo nunca mais aparecer boiando na praia. Acho até que é uma bondade, isso, já pensou o tanto de corpo que ia aparecer pelas praias? Deus me livre. Afundou feito pedra, o moço, fazendo splash bem alto quando caiu, e nunca mais ninguém soube nem onde foi que jogaram ele. O velho morreu do coração depois disso, a mãe ficou biruta. Birutinha, Mariana, um dia foram buscar ela na rua, tinha saído nuazinha da silva pelo portão dos fundos do casarão. E contam que, dias depois, o mesmo avião foi lá no mesmo lugar jogar mais gente, e caiu uma tempestade como nunca se viu, Xangô devia estar furioso naquele dia. E como o avião voava baixo pra eles terem certeza de que as pessoas iam cair mesmo direitinho no mar, caiu-se tudo, avião, subversivo, milico, piloto. Tudo.

— Como assim, menina?

— Se Baba é como se fosse pai, a senhora é como se fosse avó?

Como é dormir no fundo do mar, Pedro? É calmo, aí? Você me ouve? Se me ouvir, ouça isso tudo que digo: eu tinha medo. Por fim tudo deu certo, como você achava que as coisas dariam, mas de um jeito torto, diferente do que a gente imagina. E eu achando que entendia mais da vida que você, Pedro, só porque eu lavava roupa pra fora desde muito menina e às vezes não tinha nem jantar em casa. Não sabíamos de nada, nenhum dos dois. Essa é que é a verdade. E agora a menina me aparece e quer saber se pode ser minha neta, e eu tenho medo de novo. Porque eu quero, agora sei, mas posso querer? Eu não tive medo de você e não tenho medo dela. Tenho medo é do tamanho do meu desejo. De ser Eu, e de eu ser tanto desejo. Eu sonhei, sabe? Que eu entrava de branco na igreja, e você estava lá, e depois a gente ia morar numa casa não muito grande, mas bonita, e que um menino depois corria pelo quintal e de vez em quando espetava o dedo no espinho das rosas e chorava, ponta do dedo com uma bolotinha de sangue lustroso. E eu: Quando casar sara, menino. Não era muito, era só você, uma casinha, um quintal com roseira, janta toda noite. Mas doía muito saber que aquilo nunca ia acontecer e eu achei menos doído fugir. Só que fugir da gente dá uma dor mansinha que se estica, estica a vida toda feito dor na coluna, que vai entronchando a gente sem que se perceba.

Acabo por ceder. Meus músculos estão moles, entregues, cansados de tantos anos de esforço. Minha vontade se desprende de mim e segue seu curso, involuntária e livre. Como os músculos de Pedro que, abraçados pelo mar, libertaram-se de toda a dor acumulada desde que nos desviamos um do outro. Nesse relaxamento, sinto-o mais uma vez em torno de mim, quente, amoroso. Meu. Nasce um soluço tímido aqui dentro. A princípio me espanto, mas então reconheço-o. É que faz tanto tempo, sabe?

Esse soluço é um coração que ainda mora aqui dentro e que voltou a bater. Ouviu, minha Mãe? Aqui tem coração ainda.

— Isso, menina. É como se eu fosse avó. Quer saber de uma coisa? Não me chame mais de Dona Mariana. Pode me chamar de Nanã. Vó Nanã.

7	**SEXTA**
15	**MOFO**
21	**NUVEM**
33	**ESTRELA**
43	**MISTÉRIO**
53	**LUA**
59	**BICHA**
67	**TEMPO**
73	**MAR**
81	**PAPEL**
95	**CÓCEGAS**
105	**318**
115	**CASCA**

- editoraletramento
- editoraletramento.com.br
- editoraletramento
- company/grupoeditorialletramento
- grupoletramento
- contato@editoraletramento.com.br

- editoracasadodireito.com
- casadodireitoed
- casadodireito